悲しい話は終わりにしよう

小嶋陽太郎

角川書店

雨のむこうに街が煙って
赤や黄のパラソル涙に濡れて
12色の色鉛筆でスケッチされたお前の顔
ねえ　もうやめようよ　こんな淋しい話
お前の暗い瞳の中に
青褪めた街は深く沈んで
ねえ　もうやめようよ　こんな淋しい話

はっぴいえんど「氷雨月のスケッチ」（作詞／松本　隆）

装丁／須田杏菜

写真／渡辺　委

悲しい話は終わりにしよう

目が覚めて最初に耳に飛び込んできたのは雨が図書館の屋根を打つ音だった。直前までよく晴れただだっ広い草原にいた僕は、その激しい音に少なからず混乱した。

蛍光灯の無機質な白い光が、僕がさっきまで胡坐《あぐら》をかいて座っていた草原が現実のものではなかったのだということを無感情に教えてくれた。ああ、夢を見ていたんだ。半覚醒《かくせい》の頭で僕はそう思った。

意識が現実になじむまでの曖昧《あいまい》な数秒をやり過ごそうと、古い革張りのソファに仰向《あおむ》けになったままで開けたばかりの目を閉じた。でもなかなか意識は明瞭《めいりょう》にならなかった。頭に薄い靄《もや》がかかっていた。夢に服の裾《すそ》をつかまれて引っ張られているような、体の一部を夢の中に置いてきたような、妙な感じだった。指先に草の柔らかな感触が残っていた。

それでも無理やりに体を起こすと完全な覚醒がやってきた。同時に頭痛がして、そのせいで僕はしばらく立ち上がることができなかった。何気なくソファに手を置くと、年老いた老人の皮膚のように張りを失ったその表面は僕の体温を移されて生温《なまぬる》くなっていた。ソファから手を離した。雨の音に雷の轟音《ごうおん》が交じり始めていた。

窓のほうに目をやってから、僕のいる位置からは窓が見えないのだと気がついた。

雨が降るのは何日ぶりだろう。窓のほうまで行こうかと考えて、やめた。目で見なくても、いま降っている雨が生半可なものではないということは明白だった。世界を潤す穏やかな雨ではなくて、世界を壊す狂暴な雨だ。松本《まつもと》は極端に雨の少ない町だけど、年に何度かこういう雨が降る。

右手の自習室から男子学生が一人出てきて僕の前を足早に通り過ぎて行った。

何度か瞬《まばた》きをしてから僕は草原の夢を反芻《はんすう》した。

草原はどこを向いても見渡す限りずっと草原で、木の一本も生えていなかった。ただ青々とした芝が均等な長さに生えているだけだった。遠くのほうは寝起きの僕の頭と同じように靄がかかったようになっていて、地平線と空の境目を見極めることができなかった。馬も牛も羊も鳥もいなかった。僕のとなりに僕の親友がいるだけだった。

親友は僕と同じように地面に胡坐をかいて座っていた。東なのか西なのか南なのか北なのかわからないけれど、僕たちは同じ方向を向いていた。彼は遠くを見るように目を細めて、少し眩《まぶ》しそうだった。僕たちはそこで何かを話していた。しかし何を話していたのかはまるで思い出せない。景色や芝の感触はありありと思い出せるのに。

薄青い空から光が降り注いで親友の顔を白っぽく照らしていた。蛍光灯の人工的な光とは違う自然な光だ。でも上空に太陽は見当たらなかった。雲に隠れているのでもない。そもそも空に雲は一つもないのだ。妙な言い方になるけれど、空には空しかなかった。その空は空だけで成り立つ純粋な空だった。にもかかわらず、草原を照らす光は馴《な》れ親しんだ柔らかな日の光の質感を持っていた。太陽が細かく砕かれて、散らばり、空と同化して、世界がむらなく一定の明るさを保ち続けているみたいだった。地球の裏側まで均等に日の光が行き届いて、この世界では暗い場所は一つもない。そういう感じだった。

そんな明るい世界で、僕と僕の親友はとにかく何かについて熱心に話し込んでいた。

僕が思うに、それはたぶん、だだっ広い晴れた草原によく似合う明るい話だったんじゃないか。たとえば希望とか理想とか未来についてのような。暗い場所が一つもない世界では、絶望や諦《あきら》めや悲しみについての話はできないのだ。

僕と親友との話は尽きることがなかった。親友はときおり地面の草をつまんで引き抜きながらしゃべった。真似をして僕も草をむしった。指先に伝わるプチプチとした感触が心地よかった。親友は穏やかな笑みを浮かべていた。自分はいまかけがえのない友達と、とても大事な何かを共有している。夢の中で僕はそんなふうに思った。

いくら時間が経過しても、それを僕たちに知らせる指標のようなものがなかったので、僕たちはどれくらい長いあいだ話をしつづけていたのかわからなかった。もしかしたらこの明るい世界では時間という概念がないのかもしれない。時間そのものがないのかもしれない。

ある瞬間、前触れなく世界が暗くなり、雨の音がして僕は現実に引き戻された。

大学附属図書館の三階にある古い小豆《あずき》色のソファの上。無数の小石が降るような激しい雨音と蛍光灯の白い光。あと数日で二十一になる怠《だる》さに満ちた体。

奇妙な明るさの夢だった。矛盾する表現になるかもしれないが、絶望的に明るいと言ってもいいような。

ソファから立ち上がろうと腰を浮かせると複数の幾何学模様のようなものが眼前で瞬いて、雨の音が頭痛を加速させた。頭の中で冷たい滴が脳味噌《みそ》を直接打っているみたいにうるさかった。その雨音には僕に会いに来る誰かの足音が交じっているような気がした。

だだっ広い晴れた草原を思い浮かべながら僕はまた目を閉じてソファに横たわった。このままもう一度寝てしまえばいい。そうすれば少しは気分がよくなるかもしれない。

でももう眠ることはできなかった。いくら目を閉じていても僕が見ることができるのは瞼《まぶた》の裏の暗闇だけだった。その暗闇にはさきほどの立ち眩《くら》みのときに現れた幾何学模様の残像がちらついていた。

雨音に交じった足音が、だんだんと大きく、はっきりとした輪郭を帯びて僕に近づいていた。不意に、目が覚めてしばらくのあいだ抱いていた、夢に服の裾を引っ張られているような妙な感覚の原因に気がついた。

僕はもう少しのあいだ、時間の存在しない明るい草原で、親友と希望や理想や未来についての話をしていたかったのだ。

でももうあの場所に戻ることはできないと思う。

僕は、見たいと思った夢の続きを見られたことが一度もないから。

市川

二〇一〇年に僕は大学生になった。信州大学。長野県松本市の北方にある大学だ。

松本は僕の生まれ育った町だった。だから僕は松本以外の町を知らない。もちろん松本から一歩も出たことがないわけじゃない。でもほかの町で暮らした経験はないのだから、知らないと言ってしまってもいいだろう。

僕の通った小学校と中学校は僕の家から北西に向かって徒歩で十五分ほどのところにあり、高校は北東に向かって自転車で十五分ほどのところにあった。大学は家から北北東に向かって同じく自転車で二十分ほどのところにある。こうして考えてみると僕はおそろしく狭く限定された範囲でこれまでの二十年の人生を送ってきたということになる。半径十キロメートルで完結する人生。でもそのことを恥ずかしいと思ったことはないし、誇らしいと思ったこともない。ただ成り行きでそうなっただけのことにいちいち恥ずかしさや誇らしさを感じなければならないとしたら、その人間はおそらくとても疲れる一生を送ることになるだろう。

自宅から北東に自転車で十五分の高校に通っていた僕が、自宅から北北東に自転車で二十分の大学を進学先として選んだことにたいした理由はなかった。しいていえば直感のようなものだ。

県外に、たとえば東京に出て、都会の喧騒《けんそう》の中で一人暮らしをして都会の喧騒の中で勉強をする。それは僕にはうまくイメージできないことだった。自分にはこの町にとどまっていることが合っているような気がした。町に襟首をつかまれているような気配をいつも感じていた。それは当然といえば当然のことだった。僕は生まれた瞬間から松本の空を見て松本の空気を吸って、歩けるようになってからは、松本の地面を踏んで生きてきたのだ。僕がこの町で生きてきたというより、僕がこの町に含まれていたといったほうがより正確に僕と町との関係性を言いあらわすことができるかもしれない。とにかく十八歳の僕は松本から出るという選択肢をとらなかった。

入学式は大学の北にある総合体育館で行われた。会場の外にはおそらく僕の先輩と呼ぶべき人たちが多くいて、ビラを片手にサークルや部活動の勧誘をしていた。楽器を鳴らして叫び歌い騒いでいる人もいた。彼らのうちの何人かはヒッピーのようなひどく派手な服を着ていた。乾燥した空気は肌寒く澄んで、総合体育館の敷地を取り囲む桜の木はまだ花をつけていなかった。

ビラを何枚も押しつけられながら会場に入り、並べられたパイプ椅子のひとつに座ってしばらくすると式が始まった。誰かが何かしゃべり、それが終わるとまた別の誰かが何かをしゃべった。後の僕の大学生活を暗示するようなおそろしく退屈な式だった。しかし「退屈だぞ」と騒ぎ出すような人は一人もいなかった。退屈は式と名のつくものに必ずついてまわる必須《ひっす》の要素だと全員が知っているからだろう。でも毎年一月のニュースで見る限り、成人式だけはそうではないみたいだ。それはなぜだろう？　成人式での醜聞はもはや一月の風物詩になっているから、新成人の中でも勤勉な何人かが伝統芸能を継承するみたいに自主的に先代の真似をして、毎年同じことが繰り返されるのかもしれない。来年、僕が二十歳を迎えるときには髪の毛を金色に染めた袴《はかま》姿の新成人がステージで主張ともパフォーマンスともつかない騒ぎを起こすのを見ることができるのだろうか。もし見られたら、それはなんだか動物園で保護されている希少な生き物を見たときのような独特の感興をもたらしてくれそうだ。だから成人式にはちゃんと行くべきだな。そんなどうでもいいことを考えているうちに式は終わった。どうでもいい考えごとによって時間をつぶすのが僕は何より得意だった。

会場の中や外で、高校が同じだった人を何人か見かけた。でもしゃべったことのない人ばかりだった。周りを見ると、どういうわけかすでに友達同士のような顔をして四、五人で談笑している新入生のグループのようなものがあるのが不思議だった。五年来の友人のような。初対面同士の人間がどうしてあんなふうに気安い様子でしゃべることができるのだろう？　そしてそうしたグループがいくつもあることに僕は気後れしないわけにはいかなかった。世界は僕にはない特殊な技術を持っている人であふれているように思えた。

入学式のあと、大学の生協前広場でサークル関連のオリエンテーションが催されるということだった。しかしそれには行かずに帰宅した。帰宅してから、出欠を取っているわけでもなし、そもそも入学式にも行く必要がなかったのだと気がついた。

僕の大学生活はそんなふうに極限に味気なく始まったので、あまり<u>はじまり</u>という感じがしなかった。それでも学部のオリエンテーションのときにとなりに座っていた大柄な男が「このあとサークル見学に行かないか」と誘ってくれて、早くも友人ができたことは僕にとっては幸運なことだった。彼の名前は広崎《ひろさき》といった。広崎が声をかけてくれなければ、僕はもしかしたら誰とも言葉を交わさない大学生活を送ることになったかもしれないのだ。

広崎は背が高く、がっしりと厚みのある筋肉質な体をしていた。髪の毛は坊主に近いスポーツ刈りで、僕は、声をかけられた瞬間、彼はどうして僕を誘ったのだろうかと不思議に思った。体形や髪型からいって何かしら運動系のサークルなり部活なりを探しているタイプに見えたからだ。そして僕はスポーツマンとはほどとおい外見をしていた。色の褪《あ》せた格子柄のシャツ（それは父親が学生時代に着ていた服だった）を羽織って、張りのないよれたジーンズをはいていた。まるで二十五年前の不恰好《ぶかっこう》な浪人生のような。

どんなサークルを探しているのかと僕は広崎に訊《たず》ねた。僕、運動系は入るつもりないんだけど、という言葉を添えて。実のところ、サークルそのものに入るつもりもなかったのだけど。

「運動以外」と広崎は言った。「高校までは野球をやってたんだが、大学入ったら何か新しいことを始めようと思ってたんだ」

僕は広崎の、自分にはない積極的な姿勢と率直な物言いに好感を持った。

広崎の出身は東京だった。僕はなんとなく青森の出身じゃないかと予想したのだが、それは彼の外見の無骨さと名字のヒロサキという音のせいだった。もちろん弘前《ひろさき》市出身だから名前も弘前などということはないとわかっていたが、連想ゲームのように瞬間的に青森が浮かんだのだった。

四月の中旬に粉雪の舞う日があり、広崎はひどく驚いていた。東京出身者の驚き方だった。大学構内には西門から生協前広場をつなぐ並木道をはじめとして、いたるところに桜の木があった。

満開の桜にさらさらとした細かい雪が降り注ぐ光景はどこか幻想的で、県外からやってきた新入生たちを喜ばせていた。

小学校から野球を始めて高校までずっと野球一筋だったと広崎は言った。父親が高校時代に甲《こう》子《し》園《えん》への出場経験を持つので半ば強制的に野球をやらされ、最後まで楽しいと思えないまま高校まで続けてしまった。親元を離れたのをきっかけに野球をやめて、スポーツ以外の別の何かを始めたいと思っている。そういうことらしい。

「運動以外の新しいことって、たとえば？」

広崎は少し考えて、音楽、と言った。そう答えることは決まっていたのに、照れ隠しで少し考えたふりをしたようにも見えた。彼は無骨な見かけによらず音楽を聴くのが趣味らしかった。

僕たちはいくつかの音楽系のサークルを見て回った。さっきも言ったように僕はどんなサークルにも入るつもりはなかったけど、どちらにしても暇だったし、広崎の積極性を見習いたいとも思ったからだった。

大学にはいくつもの音楽サークルがあった。軽音楽のたぐいだけで三種類。ジャズや管弦楽団、合唱やゴスペルもあった。広崎は数日かけてそのほとんどすべてを見学した。おいおいと僕は思った。音楽がやりたいとは聞いていたけど、何かしら特定のジャンルなりやりたい楽器なり、見当がついていると思っていたからだ。

「まさかゴスペルとか始めないよね」

「それも悪くない」と広崎は言った。

ある軽音楽サークルのガイダンスを見に行ったときに、部室のようなところで彼らの演奏を聞かされた。十畳ほどの空間にスピーカーやらアンプやらドラムセットやらが置かれて、そこで男女混合の四人組のバンドが音を出し歌をうたっていた。日本語の音楽だった。テレビコマーシャルか映画の主題歌か何かで聞いたことがあるような気がした。でも僕には音楽を聴く趣味もなければ音楽的な勘もないので彼らの演奏の良し悪しがわからなかった。あの人たちの演奏はいいの？　とまるで馬鹿みたいなことを僕は広崎に訊《き》いた。さあ、と広崎は言った。となりにいた女の子がひどく感心した顔で拍手をしていた。もしかしたら優れた演奏だったのかもしれない。

そんなふうにして大学内のほとんどすべての音楽サークルをまわり、彼は最終的にフォークソングを歌うサークルに落ち着いた。僕は胸を撫《な》でおろした。広崎には、ゴスペルや、テレビコマーシャルの音楽をバンドで演奏したりするサークルより、アコースティックギターをつま弾くほうが似合うだろうと思ったからだ。

音楽サークルをめぐる合間を縫って、僕たちは勧誘されるがままにいくつかのほかのサークルも見学した。説明を聞いても何を主目的としているのかわからないサークルはたいてい飲み会を目的としていた。そしてその手のサークルは腐るほどではないが多くあった。きっと都会の私立大学には腐るほどあるのだろう。そんな腐るほどではないが多くある平凡な飲み会サークルの新入生歓迎コンパのようなものに僕と広崎がなぜ出席することになったのか、いまとなっては思い出せない。でもたぶん一年生は無料だからとでも言われて行ってみてもいいかという気になったのだろう。

会場は駅前にいくつもあるチェーンの居酒屋の二階で、長方形の大きなテーブルがいくつかある座敷だった。集ったのは四十人ほど。うち十数人が僕と広崎を含む新入生だった。

サークルの長だという髪の長い瘦《や》せた男が最初に歓迎の言葉を述べた。ご入学おめでとうございます。僕たちの仲間はとても気のいい連中です。きっとすぐに仲良くなれると思います。だいたいそんなようなことを彼は述べた。それからサークル内ではおそらくお決まりになっているのであろうジョークのようなものを言って、仲間たちからの野次《やじ》と笑い声が収まるのを彼は待った。我々のすべきことはひとつです、飲みましょう。最後にサークル長はそう言って右手に持ったビールジョッキを高々と掲げ一気に飲み干した。そして飲み会が始まった。

新入生は、最初のうちは緊張している様子だったが、上回生の気さくさと慣れないアルコールによる酔いによってすぐに場になじんだみたいで、楽しげだった。しかし彼らの気さくさは馴《な》れ馴《な》れしさとも言い換えられるものだった。僕も上回生に話しかけられて何か答えたけど、二、三言話すと彼らはすぐに席を移動して別の誰かと話し始めた。きっと僕の応答に彼らの望むおもしろさが欠けているからだろうと思った。

僕が一時間半ほどかけてようやくビールとウーロンハイを一杯ずつ飲み干した頃には、名も知らぬ先輩たちはひどく酔っぱらっているようだった。飲まなきゃ飲まなきゃと言いながら、新入生の女の子のグラスにしきりに酒を注いでいた。女の子は一息にそれを飲み干した。飲みなれていないであろう酒をあんなふうに飲んで大丈夫だろうかと僕は心配になった。彼女は先輩が連発するつまらない冗談に、真っ赤な顔をして、手を叩《たた》いて笑っていた。その女の子をはじめとして、新入生の上回生を見る目はわけもなく尊敬に満ちていた。彼女がつまらない冗談に笑ったことで、その周囲にいた人たちにも特に意味のない笑いが伝染してやはり彼らは楽しげだった。僕はただ、曖昧《あいまい》な笑みのようなものを浮かべてそこにいた。しかし彼らの冗談はつまらないだけじゃなくて終始ひどく下品なものだったので、だんだんと、僕は微笑のようなものを浮かべることさえ困難になってきた。どうしてこのような冗談で笑えるんだろう。でも近くにいた僕以外の人は全員笑っていたから、僕の感覚がずれているのかもしれなかった。

開始二時間と少しで彼らは信じられないほど酩酊《めいてい》していた。そして信じられないほど楽しそうだった。こんなに楽しいことはないという様子だった。でもじっと見ていると、もしかしたら彼らは誰一人、本当はちっとも楽しいとは思っていないのかもしれない、という疑念がわいてくるのが不思議だった。楽しくなくても楽しいふりをするという暗黙のルールと連帯感のもとに酒を飲んでいるのかもしれない。だとしたらそれはとても器用なことだ。あるいは、そのルールのもと楽しいふりをしているうちに、楽しくなくても楽しいと思い込むことができるのかもしれない。多くの人は、大学生活を通してそういう技術を獲得するのかもしれない。

彼らの楽しげな様子が心からのものだったとしても演技だったとしても、同様におそろしいことだと僕には思えた。いずれにしろ僕はその場にふさわしくない人間だった。

不意に向こうのテーブルの広崎と目が合った。広崎はひどく疲れたような、困ったような顔をしていた。それから、広崎の三人ほどとなりに座る片耳に大きなピアスをした女の子とも目が合った。僕たちと同じ新入生の女の子で、体育座りのような恰好で膝《ひざ》を抱えて座っていた。飲み会が始まってからずっと、となりの男の先輩に肩を触られてうんざりした表情を見せていた。彼女の前にあるジョッキの中のレモンサワーらしき色の液体は一口分も減っていなかった。示し合わせたわけでもないのに僕と広崎とその女の子はほとんど同時に立ち上がった。座敷席を出ていくとき、女の子だけが男の先輩から何か声をかけられていたが、彼女はそれを無視した。

店を出てすぐに僕たち三人は顔を見合わせた。女の子は何も言わなかった。

広崎が僕に向かって、「うち行くか」と言った。五月の中旬で、大学生活が始まってまだ二か月もたっていなかったけど、このときにはすでに広崎のアパートで彼の好きな音楽を聴きながら夜中までぽろぽろと話をするのが習慣になっていた。

「家は？」と僕が女の子に訊ねると、「女鳥羽川《めとばがわ》沿い」と彼女は答えた。大学の東側には女鳥羽川という川が流れていて、その川沿いには学生向けのアパートが多くあった。

「じゃ、うちと近い。送ってく」と広崎は言った。広崎のアパートも女鳥羽川沿いにあるのだった。

僕たちは駅前から延びる大通りを東に向かって歩き始めた。しばらく無言の時間が続いたが、交差点の信号待ちで足を止めたときに、女の子が、「すっごく楽しかったね」と言った。はっきりとした明瞭《めいりょう》な声の出し方だった。

「大学の飲み会がこんなに楽しいものだと思ってなかった」と僕は賛同した。大学の飲み会もなにも、飲み会自体、参加したのはこれが初めてだった。

信号が変わって、僕たちは横断歩道を渡った。松本で最も大きな横断歩道。でもそれを横断するのは僕たちのほかには会社帰りのサラリーマンが二人と、おそらく信大生であろう恋人同士が一組しかいなかった。火曜の夜十時過ぎに松本の町を歩いている人はあまり多くなかった。

横断歩道を渡り切ると、「……そうかな」と広崎が言った。「俺は、あまり楽しいと思えなかったが」

混乱する広崎を見て女の子がおかしそうに笑った。広崎はあまり冗談が通じるタイプではなかった。

広崎という率直な男の生真面目さを笑うのは悪い気がしたけど、女の子の笑い声につられて僕も笑った。今日初めて笑った、と女の子が言った。考えてみれば僕も同じだった。

広崎は僕と女の子を交互に見比べて、ひとりで知らない土地に取り残された子供のような心細げな顔をしていた。街灯とコンビニと、向こうにパトカーの明かりが見えた。

「さっきのは楽しくなかったたって意味」と僕は広崎に教えた。

ちょっと間があって、「ああ」と言いながら広崎は恥ずかしそうな顔をした。

「二人は友達なの？」女の子はやはり笑いながら言った。

「まあ、うん」

「『ぐりとぐら』みたいだ」

「ぐりとぐら？」と広崎が聞き返した。

「知らないの？」

いた。

「聞いたことない」

「ぐりとぐらを知らないなんて。変わってる。誰でも子供のときに読むはずなのに」

それから女の子が広崎に向かって仲良しの二人組の野ねずみについて説明するのを僕は聞いていた。

「一人は赤い服を着ていてもう一人は青い服を着てるの。二人は仲良しで、どこに行くにも何をするにも一緒なんだ。海水浴したり遠足したり大掃除したり」

ぐりとぐらについて話す女の子の顔は、居酒屋にいたときとは別人のように生き生きしていた。

読んだことないな、と広崎はさほど関心もなさそうに言ってから、自分と僕を見比べて、ああ、と息をもらした。広崎は襟首の伸びた無地の赤いTシャツを着ていて、僕は薄青い長袖《そで》のシャツを着ていた。意識してるのかと思ったよ、と彼女は言った。それから学部はどこかと訊ねられたので、二人とも人文学部だと教えた。

「学部も同じなんて。やっぱりぐりとぐらみたいに仲がいいんだ」

僕と広崎は一緒にいて話題が尽きることがないというのでも趣味が合うというのでもなかったが、会話のリズムや波長のようなものは合った。そうでなければ広崎のアパートに入り浸って、小さな音で延々音楽を聴きながら、ぽろぽろと話をしては不意に黙り込んだり、また話し始めてはそれぞれのタイミングで漫画や本を読み始めたり、という時間に耐えられるはずがなかった。

「毎晩そんなことしてるの？」

「毎晩じゃないけど、よくしてる。週に三日か四日くらい」と僕は答えた。

「それって楽しそう。でも近所の人に恋人同士だと間違われてるかも……あ、もしかして、二人」

「いや、違う」と広崎が素早く否定した。

それから広崎と僕が自己紹介をした。広崎君、市川《いちかわ》君、と彼女は僕たちの名前を繰り返した。

彼女の名前は吉岡《よしおか》といった。ゆるいウェーブのかかった黒髪を肩より上で切りそろえて、片側だけ耳にかけていた。耳には大きなわっか状の銀のピアスをしていて、服装が派手でない分、それがよく目立った。一見アンバランスにも見えたけど、そのピアスは彼女によく馴染み似合っていた。学部は経済で、今日の飲み会には友達と一緒に参加する予定だったが、その友達が体調を崩して急に来られなくなったので一人で参加した、ということだった。

「前に行ったサークルの飲み会もだいたいあんな感じだった」と吉岡は言った。「大学ってあんまり楽しくないんだね」

繰り返しになるけど、僕たちの大学生活は始まって二か月もたっていなかった。

女鳥羽川沿いを北上する途中にコンビニがあり、吉岡が喉《のど》が渇いたというので僕たちはそこに立ち寄った。僕はほしいものがなかったので店の前で待っていた。バチバチと嫌な音を発する名前のわからない眩《まぶ》しく光る機械が虫を集めていた。白い猫がいて、話しかけてみたけれどその猫は用心深い目でこちらを見るだけで返答してくれなかった。

二分ほどで二人は買い物を終えて出てきた。広崎は板チョコとペットボトル入りの緑茶が入ったビニール袋を手に出てきた。吉岡は缶ビールと缶酎《ちゅう》ハイを一本ずつ買っていた。

「年齢確認なかったの？」

「うん」

吉岡は歩きながらビールのプルタブを開けて、これ飲み終わるまで付き合って、と言った。

僕たちは女鳥羽川沿いの公園へ移動した。公民館に併設された、ブランコと滑り台のある公園だった。吉岡はブランコに座り、軽く地面を蹴《け》って前後に揺れながらビールを飲んだ。

「さっき飲み放題だったのに」と僕は言った。

「となりの男がしきりに飲ませようとしてきて嫌だったから最初の一杯以外一口も飲まなかった」

憮然《ぶぜん》とした声で言って吉岡はさっきより強く地面を蹴った。

「酒、好きなの？　僕まだあんまり飲めないんだけど。ビールとか」

「高校のとき、たまにお父さんたちに付き合って飲んでたの」

「お父さんたち？」

「お父さんの仕事の仲間がよくうちで酒盛りしてたから」

吉岡の父親は大工の棟梁《とうりょう》で、しょっちゅう仲間を家に連れてきて酒を飲んだ。高校に上がったころから吉岡は彼らに交じってビールを飲むようになった。そのうちに吉岡は酒が好きになった。ということらしい。

「大工の人たちってビールを一人で五リットル飲むの。知ってた？」

ビールを五リットル飲む日焼けした大柄な男たちに交じって酒を飲む高校生の女の子を僕は思い浮かべた。

「不良だ」

「私はそんなに飲まないよ」

「そういう問題じゃない。耳に大きなわっかをつけてるからきっと不良に違いないと思ったんだ」

吉岡が肩を揺らして笑い、それに合わせてピアスも小刻みに揺れた。吉岡はよく笑う女の子のようだった。

「不良が嫌いなの？」

「どっちかといえば」

「わかった。市川君、カツアゲされたことがあるんだ、きっと。広崎君はなさそう」

「……見た目で判断しないでくれよ」と言いながら、吉岡が僕たちの名前を呼ぶときの感じが旧来の友人を呼ぶときのように自然なことに驚いていた。

「大学に入って初めて話ができる人たちに会えた気がする」空になったビールの缶をとなりの誰も座っていないブランコに置きつつ吉岡は言った。

「学部に友達いるんじゃないの？」

「いるけど先輩ってだけで無条件に目をきらきらさせるような子ばっかだもん。男は、優しいけど、なんとなく下心が透けて見えるし」

「それはたぶん普通のことなんだと思うけど」

「講義は退屈だし、つまらないから明日《あした》あたり大学を爆破してやろうかと思ってた」

「それはやめたほうがいいよ」

ブランコを囲う鉄製の柵《さく》に体をあずけて僕たちのやりとりを見ていた広崎が、板チョコを三等分して、「食う?」と言った。

吉岡は、ちょうだいというように手を差し出した。「これから始まる友情のしるしかな」

「いや……」広崎は少し恥ずかしそうな顔をして吉岡のてのひらにチョコレートを置き、それから僕にもくれた。

渡されたチョコレートをさらに自分で半分に割って口に放り込むと、それは舌の上でやわらかく溶け、顔をしかめたくなるほどの甘さを口の中にもたらしつつ消えた。友情という言葉の甘ったるい響きが、僕にそう感じさせたのかもしれなかった。残りの半分も口に押し込んで、溶ける前に噛《か》んで飲み込んだ。吉岡は不思議そうに僕を見ていた。

「チョコ苦手なの?」

「そんなことないよ」と僕は言った。

「今日はありがとう」

吉岡が広崎に手を差し出して、広崎はその手に目を落として首を傾げた。

「昨日TSUTAYAで借りて観た映画で、握手したらもう友達だって主人公が言ってたの」

広崎はおずおずと握手に応じた。

彼女は続いて僕に手を差し出してきた。

「いや、僕はいいよ」

吉岡は不満そうな顔をした。

「奥手なんだ」と僕は言った。「初対面の女の人の手なんか恥ずかしくて握れない」

「そんなおおげさなことじゃないのに。でもまあ見た目どおりだね」と吉岡は言った。

公園に街灯はなく、空には月と星があった。あたりはしんとして、耳を澄ますと川の流れるさらさらという音が聞こえた。道路を走る車のヘッドライトが、ときおり民家と民家の隙間から見えた。夜の公園でチョコレートを分け合って食べるという行為を専門に取り締まる誰かが、巨大な懐中電灯を振り回して僕たちを探しているみたいだった。

佐野

中二の六月という半端な時期に転校してきた沖田《おきた》という女の子は野良《のら》猫みたいな目をしていて、クラスの誰も寄せつけなかった。最初の自己紹介での沖田の態度がそれを決定づけた。

「じゃあ、沖田さん自己紹介を」

彼女は担任が挨拶《あいさつ》を促したのを無視し、教室で一つだけ空席になっていた窓際後方の席まで静かに歩いて音もなく座った。それは僕のとなりの席だった。何秒かの沈黙があった。その何秒かのあいだに、教室に満ちていた好奇心と品定めと歓迎の入り混じった空気が迎撃に反転するのを僕は感じた。ミスなく並べたドミノがきれいに倒れるような見事な反転だった。

「えっと、ちょっと、緊張してるのかな……。沖田まどかさんです。新しいお友達と、みなさん仲良くしましょう」

沈黙を破る担任のその声はおそろしく空虚に響いた。

僕たちの担任は大学を出て二年目の若い女性教師だった。新しいお友達と、みなさん仲良くしましょう。彼女は僕たちを小学二年生と間違えているのかもしれなかった。

その日、沖田まどかは授業中、僕のとなりでずっとうつむいて、ときおりノートに何かを書いていた。板書を写しているのでも教師の言葉をメモしているのでもなさそうだった。細かい字で改行もなく、横書きで何か文章らしきものを書いていた。日記をつけているのではないだろうけど、と僕は思った。いったい何を書いているのだろう？　となりにいながら、初日のうちに僕が沖田の声を聞くことはなかった。

翌日、沖田は上履きをはかず靴下のまま教室に現れた。

クラスの女子は噂話が好きで陰険で仲間意識が強く排他的だった。でもそれは僕のクラスの女子が、ということではなく、ある年齢の女子が集団になったときに高確率で現れる性質だった。だから、転校生の上履きを隠すという幼稚で陳腐でくだらない行動に僕は心底うんざりしながら、同時に、自然の摂理のような当然の成り行きだとも思った。そんなふうにして成り立っている教室が僕は嫌いだった。たとえ自分が巻き込まれなくても、そうしたお手本のようなくだらなさを目の当たりにしつづけることが苦痛だった。もしも奥村《おくむら》がいなかったら、僕はとっくに学校に行くことを放棄していたかもしれなかった。

奥村はひとことで言うなら勉強も運動もできる完璧《かんぺき》に近い男で、僕は彼とはたくさん話をした。僕が進んで話をしたいと思うのは奥村だけだった。

奥村と話をするようになったのは去年の冬からだった。

去年の冬、僕は父親を亡くしてそのとき一週間ほど学校を休んだ。

一週間ぶりに教室に行くとクラスの何人かが「お、佐野《さの》」とか「おはよう」とかいった、いつもと変わらぬ挨拶を意識した挨拶、をしてくれた。

クラスには藤井《ふじい》という男がいた。眉《まゆ》が濃く目がくっきりして頬骨の張った背の高い男だった。彼は僕と顔を合わせると一瞬困ったような顔をして素早く目を逸《そ》らした。

一年のとき僕と藤井はともに陸上部員で、互いに短距離をやっていた。藤井は一年の中では群を抜いて足が速く、百メートルを十二秒台で走った。僕のベストタイムは彼より二秒近く遅かった。彼は将来のエース候補で、僕は特筆すべきところのない平凡以下の選手だった。

僕と彼との共通点は同じ陸上部で短距離をやっているという点だけではなく、父親が同じ会社に勤めているという点にもあった。印刷機を作って法人向けに売る会社だった。

僕の父親は藤井の父親より六つ年上であり、そして藤井の父親の部下だった。藤井は、自分の父親の部下である僕の父親のミスの多さや営業成績の悪さを部活前の更衣室でよく話題にした。夜、携帯に電話がかかってきて、すみませんすみませんと宙に向かって何度も頭を下げる父さんの姿を僕は何度も見ていた。そういうときの父さんはいつも尋常ではない量の汗をかいて、頭を下げるたびにフローリングにぽたぽたと垂らした。父さんはしょっちゅう上司や同僚に仕事を押しつけられているようだった。でも家ですら文句ひとつ言わなかった。損をすることが美徳だと父さんは思っていた。

藤井を筆頭に、同学年の陸上部員の僕に対する態度は明らかに僕を見下すものだった。佐野ちゃん水くんできて。佐野ちゃんテーピング。佐野ちゃんハードルの片づけよろしくね。佐野ちゃんちは親子ともどもダメなんだな。

ハードルなどの道具の片づけは一年全体の仕事だった。でも顧問は僕が一人でハードルを片づけていることを問題にしなかった。彼は徹底的な実力主義者で、百メートルを十二秒台で走る藤井のことが大好きだった。藤井は常に自信に満ち溢《あふ》れていた。

一人で片づけをする僕を見かねて、いつも手伝ってくれる先輩がいた。二年生の中でも落ちこぼれと言われている先輩だった。先輩は中距離の選手だった。藤井たちはその先輩のことも馬鹿にしていた。この部活ではこんなことがずっと繰り返されてきて、そしてこれからも繰り返されていくのだろうと思った。

悔しいと思ったことは不思議と一度もなかった。むしろ、速く走ることと自分の父親の会社での地位がクラスメイトの父親より少しえらいということ以外に誇るべきもののない男がとるべき態度として、これ以上正しい態度はないとすら思えた。そうした納得感のせいで僕は悔しさを感じることができないのかもしれなかった。ただ、沖田の上履きが隠されたときと同じように、くだらないとは思った。くだらない連鎖の中にいて時間を無駄にすることは、あまりに馬鹿げていた。

だから僕は入部から七か月と少したった頃に退部届を出した。そうか、おつかれな。顧問はそう言って退部届を受け取った。そうして僕は陸上部員ではなくなった。個人競技であるところが自分に向いていると思って入っただけの部活だったから、やめることに対しては何の未練もなかった。

それから僕は、落ちこぼれと言われている先輩が一人でハードルを片づけているところを何度か見ることになった。なんであの人はやめないのだろう、といつも思っていた。

僕が部活をやめると藤井の教室での僕に対する態度はより傲慢《ごうまん》なものになった。自分より足が遅くて父親が劣っていて、そのうえ途中で部活をやめて逃げ出した男。藤井にとって僕はそういう存在だった。彼は日に何度か、用もないのに佐野ちゃーんと言って僕の肩を叩《たた》いてきた。その六文字に、僕を貶《けな》す感情を込めるのが藤井は抜群にうまかった。彼には走ること以外にもちゃんと特別な才能があったのだと僕は知った。

僕の父親の失態のエピソードの披露の場所は更衣室から教室に変わり、藤井を筆頭に、藤井に同調する何人かのクラスメイトが、以前より僕に対して横柄な態度をとるようになった。それは僕にとってうれしいことではなかったが、耐えられないというほどのものではなかった。クラスの何人かは藤井のそうしたくだらなさにうんざりしている節があったし、僕はそもそも悔しさなど感じていなかったから。藤井の、自分より下だと判断した者には徹底的に強く出るという意味で筋の通った行動原理を、共感こそできなくても僕はよく理解していたし、納得してもいた。藤井が藤井であることに安心してさえいた。

十二月の初めに父さんが死んだ。自殺だった。僕が陸上部をやめて半月ほどたった頃だった。自宅の二階の書斎で首を吊《つ》っている父さんを発見したのは母さんで、だから僕は父さんの死に様を見なかった。病院に運ばれたあと、霊安室に安置されているときも見なかったし、棺《ひつぎ》に入れられたあとも見なかった。火葬されて骨になって、初めて父さんを見た。白くて、浜に打ち上げられた珊瑚《さんご》の死骸《しがい》のようで、それが自分の父親だったとは到底思えなかった。いや、父親だったたというのは正しい表現ではないかもしれない。骨だけになってもそれが生きていた頃の父さんの一部を成していたことに変わりはなく、だから、火によって皮膚とか血とか肉とか脳味噌《みそ》とかを削《そ》ぎ落とされただけで、父さんはそんな状態になってもまだ父さんなのかもしれなかった。

祖母や母が声をあげて泣いていた。

骨だけになった人間を、人間と呼ぶことはできるのだろうか。白い骨を見ながら、彼女たちの泣き声を聞きながら、そんなことを僕は考えていた。

大人たちが箸《はし》で骨を拾う中、無意識に手を伸ばして素手でそれに触ろうとして祖父に手をつかまれた。水分と張りを失った祖父のてのひらと指先の感触と温度に、僕はなぜかひどく安心していた。祖父は何も言わなかった。僕は腕を下ろして、じっと父さんの骨の白さを目に焼きつけた。

父さんは遺書を残していなかった。父さんがなんで自分で死を選んだのか、その明確な理由は僕にはわからなかった。たぶん、母さんにも、誰にもわからなかった。

でもきっと、バランスをとったんだと思った。

優しい人間であれというのが父さんの口癖だった。人に親切にしなさいと父さんはよく言った。父さんの書斎には自己啓発本が多く並んでいた。『優しくなる九十九の方法』『生きるとは、誰かのために生きること』そんなタイトルの本ばかりだった。

周りの人が幸せになることを考えて、人に優しくする。誰かのために生きることで初めて自分が幸せになることができる。でも順番が逆だといけないんだ。自分が幸せになりたくて周りの人に優しくしたり親切したりするようになったら、その時点で本当の優しさや親切ではなくなってしまう。自己本位な優しさは優しさとは言えない。誰かに親切にするときに、見返りを求める心を少しも持たないことはむずかしい。でもそういう矛盾を乗り越えて、純粋に人の幸せを願う人間にならなきゃならないんだ。

父さんは、日々そうしたことを真剣に考えていたし、努めて口にしてもいた。父さんが読んだあとの本にはたくさんの付箋《ふせん》が貼られていた。僕は毎日いろんな言葉で諭された。人に親切にしろ。謙虚であれ。自分が得することを考えるな。笑顔を忘れるな。人のために生きろ。それは僕に諭しているのと同時に、自分に諭しているのでもあった。僕は父さんのそういうところを子供ながらに鬱陶《うっとう》しく思っていたが、心の底では尊敬してもいた。

父さんは休みの日は純粋に人の幸せを願う気持ちからいろいろなボランティア活動に奔走していた。そうした活動によって自分以外の誰かが笑顔になったり救われたりすることを生きがいとしていた。町内会の行事で川清掃があると、みっともないくらい張り切って誰よりも熱心にやった。近所の評判も上々だった。父さんの考え方や行いはいつも素晴らしく正しかった。正しくまっとうな理想を胸に、同僚に仕事を押しつけられ、六歳年下の上司に叱責《しっせき》され、ボランティアに駆け回るのが父さんの人生だった。それでいいと父さんは思っていた。

ただ一つ誤算があったとすれば、そうしたまっとうすぎる理想を追求するには父さんはあまりにも平凡で弱い人間だった、ということだ。

小二に上がってすぐの頃、何かの単元である宿題が出たことがあった。お父さんの仕事について聞いてきてみんなの前で発表しましょう、というものだった。

その日、僕は夕食を食べて風呂《ふろ》に入り、父さんの帰りをじっと待っていた。九時半に帰った父さんはリビングのソファでノートと鉛筆を手にうつらうつらしている僕を見て笑った。どうしたんだ、そんなもの持って、と父さんは言った。

「お父さんに聞きたいことがあるんでしょ」母さんが肩を叩いて僕を起こした。

僕は目を覚まして、父さんに宿題のことについて話した。宿題か、と父さんは言った。

「お父さん、インサツキをうってるんだよね」

僕は父さんが印刷機を売る仕事をしていることは知っていたけど、印刷機がどういうものかは知らなかった。父さんは遅い晩御飯を食べながら印刷機について説明してくれた。僕はノートに発表用のメモを書いた。

「ぼくのお父さんはインサツキをうっています。インサツキは紙にインクをのせるきかいです。まっ白な紙に文字が書かれます――」

父さんの説明はあまりうまくはなかったから、正直に言って僕は印刷機の全貌《ぜんぼう》をつかむことができなかった。でもなんとかメモを完成させ、宿題をクリアした達成感とともにそのメモを書いたノートをランドセルにしまった。それから、頭に浮かんだ素朴な疑問を口にした。

「お父さんはそのインサツキをうってだれを救っているの?」

小学二年生の僕にとって人を救う仕事とは医者や消防士やレスキュー隊のことだった。だから、いつも人を助けたい、救いたいと言っている父さんが、インクを紙に載せる機械を売っているということが不思議だった。

父さんの顔から表情が消えた。暗い海に一つだけ灯《とも》る小さな火が不意に吹き消されたみたいだった。

「……印刷機がないと困るのよ。木下《きのした》先生だって印刷機がなかったらプリントが作れないし、仕事ができなくて学校だってつぶれちゃうの」

母さんの声が無音のリビングに響いた。木下先生とは僕の担任教師の名前だった。父さんは無表情のまま何も言わなかった。

僕はその日、うまく眠ることができなかった。

翌朝、取り返しのつかない失態を犯したような気持ちを引きずったままリビングに下りていった。父さんの顔に表情がないままだったらと考えると、階段を下りる足が、つまさきに鉄をくくりつけられたように重く感じられた。

父さんはいつもどおり食卓で新聞を広げて読んでいた。僕は、緊張しながら、おはよう、と言おうとして、しかし喉《のど》が渇いて声が出なかった。足音に反応して父さんが顔を上げた。

「おはよう。どうしたんだ、黙って。熱でもあるんじゃないか？」

父さんはいつもどおりの顔をして、いつもどおりの声でしゃべった。僕は心から安堵《あんど》した。昨日の、火が消えて不意に暗闇がおとずれたようなおそろしい無表情は気のせいだったのだ。父さんに朝の挨拶をするのに、何をあんなに緊張していたのだろう、と僕は馬鹿らしくなった。

父さんが、酒を飲むと何回かに一回、人が変わるようになったのは、この少しあとからだった。そういうとき、父さんはアルコールを燃料にテレビを見ながら小さな声でひたすら暴言を吐くだけの機械と化した。

ある日の夜、ボクシングのフライ級世界チャンピオンの防衛戦の生中継が放送されていた。僕は父さんとソファに並んで座ってそれを見ていた。日本人チャンピオンはアジア人の挑戦者に押されて、瞼《まぶた》から血を流して、足元はふらついて、いまにも膝《ひざ》をつきそうだった。死んじまえ、と酒を飲みながらつぶやくように父さんは言った。一発もらっただけでふらふらじゃねえか。日本の恥が。おまえなんかチャンピオンじゃねえよ。死ね。血ぃ吐いて死んじまえ。生きてる価値がねえんだよ。

父さんのこうした姿を僕は月に何度か見ることができた。テレビに向かって据わった目で呪詛《じゅそ》を吐き続ける父さんは、優しい人間であれと、僕に、そして自分に言い聞かせていた父さんとは別人だった。

さらにその少しあとから、父さんの攻撃性はたまに僕や母さんにも向けられるようになった。でも暴言を吐かれたり暴力を振るわれたりするわけではなかった。

夕食後、酒を飲んで潤んだ目でじっとテレビを見つめる父さんは、おもむろにはいていた靴下を脱ぎ、無言で丸めて僕に向かって投げた。靴下は緩やかな弧を描いて僕の顔にぶつかった。靴下を避《よ》けなかった僕を、父さんは、何か見たことのない不気味な生物を見るような目で見ていた。それから興味を失ったみたいに僕から視線を外し、テレビに向かって呪詛を吐き始めた。あのときと同じ表情のない顔だった。僕はトイレに行って声を出さずに泣いた。翌朝になると父さんはまた理想を語った。昨夜のことを覚えていないみたいだった。

洗濯物をたたんでいる母さんのところへ行って、たたんだばかりの衣服を静かに足で踏み、蹴《け》り散らかすこともあった。そして翌朝には標語のような理想を語った。優しい人間でいよう。人に親切にしよう。それらの言葉は父さんにかけられた呪いの言葉みたいに聞こえた。父さんは週末には相変わらずボランティア活動に奔走して、食卓でアフリカの難民や盲導犬の話をした。

小学校の高学年になり、少しは頭を使って自分なりに物事を考えられるようになってから、ようやく僕は気がついた。父さんのそうした振る舞いは、バランスをとる行為なのだと。優しく親切で謙虚で人のために生きたいと願う自分を保つための行為。父さんは標語のような正しい理想を掲げ続けるために、一方に振れた振り子を元に戻すように、あるときから家の中では一定の頻度で間違った行動をとり続けた。そのうちに僕は、父さんの家での静かで理不尽な振る舞いに恐怖を感じることもなくなった。

家族を傷つけることでバランスをとらないと人の幸せを願うことができない弱い人間が、そんな立派な理想を胸に生きようと思うのが間違っていたというだけの話で、そのことに自分で気がついていたから父さんは死んだ。つまり父さんは、テレビに向かって暴言を吐くことや、息子の顔に靴下をぶつけることや、妻がたたんだ洗濯物を蹴り散らかすことの代わりに死を選んだのだった。

父親の死の気配に満ちた暗い家の中でそんなことを何度も考え、それが間違っていないか何度も考え直し、自分の中である種の納得を得て、一週間後に僕は学校に復帰した。僕ができることはいつも考えて納得して飲み込むことだけだった。

クラスメイトは過剰にならないように気をつけつつ、復帰した僕にいつもより少し親切にした。そして三日がたち、僕は違和感に気がついた。何かが足りない。それは毎日聞いていた藤井の佐野ちゃーんだった。僕が学校に復帰してから、藤井は僕の肩を一度も叩いていなかった。なぜ叩いてこないのだろう？　彼は僕を避けるようにして、目を合わせることすらしなかった。

僕は、あの、佐野ちゃーんを聞きたがっているのだと思った。それを聞くことで、『お父さんを亡くしたばかりの、気をつかわれるべき男子生徒』という名前の背中に貼られたラベルが剝《は》がれるような気がした。父さんが死ぬ前となんら変わらない気持ちで安心して学校に通えるような気がした。

四日目の昼休みに自分の机でぼうっとしていると、やっと藤井がやってきて、僕の横におずおずと立った。やっと以前のように佐野ちゃーんと肩を叩いてくれるんだと思った。

「あの、佐野、なんか、ごめんな」

生まれて初めて繰り出した拳《こぶし》が藤井の張り出した頰に直撃して、骨と骨のぶつかる音を僕は耳ではなく全身で聞いた。拳の先から電気のように走る衝撃が鈍い音になって全身を駆け巡った。

藤井は顔を押さえ、巨大な甲虫みたいに背中を丸めてその場にうずくまった。それからぐらりと後ろに傾いて尻餅《しりもち》をつき、そして横に倒れた。脳震盪《しんとう》を起こしたみたいだった。僕は横たわった藤井の腹に思い切りつまさきをめり込ませた。うめき声とともに、藤井が絞り出すように大きく息を吐き出した。吐き出した空気を藤井が吸う前に、もう一度腹を蹴った。なんか、ごめんなってなんだよ。いつもみたいに佐野ちゃーんって言えよ。何がごめんなんだよ。でも僕はそれを声に出してはいなかったと思う。あとで唇から血が出ていることに気がついたから。藤井を蹴っている最中、僕はずっと下唇を噛《か》み続けていたみたいだった。

近くにいた男子が僕の蹴りをやめさせようとして飛びかかってきたけど、僕はそれを振り払って藤井を蹴り続けた。藤井を一発でも多く蹴ることだけを僕は考えていた。そのときの僕はなぜかそれを重大な使命のように感じていた。

「おい奥村、何見てんだよ、手伝えよ！」

僕に振り払われた彼が近くにいた奥村に向かって叫んだ。奥村は、最初から僕と藤井のすぐ近くにいた。でも少しも動こうとしなかった。藤井を蹴ることに意識を集中しているつもりなのに、奥村の視線を僕はしっかり背中に感じてもいた。

そのうちに他の何人かの男子がやってきて体を押さえられ、ようやく僕は止まった。

この事件を経て僕は新たなラベルを貼られた。『お父さんを亡くしたばかりで精神が不安定になっている男子生徒』という名前のラベルだった。誰もが僕から物理的にも精神的にも距離を置いた。

藤井の頬骨は折れてもいないし、ひびも入っていなかったみたいで、僕が何発も蹴った腹も大丈夫なようだった。百メートルを十二秒台で走れない僕の蹴りには、藤井の肋骨《ろっこつ》を折る程度の力すらなかった。

この日からクラスメイトの僕を見る目には明らかな怯《おび》えが混じるようになったので、それが面倒でもあり、申し訳なくもあった。以前は話のできる友達もいたけど、それもいなくなってしまった。話しかければ拒まれることはなくても、彼らの目の奥にある怯えを見るのが嫌だった。

日中は何かの病気にかかったみたいに眠かった。机に顔を突っ伏して寝ていても教師は誰も僕を注意しなかった。長い名前のラベルのおかげだった。給食は食感の異なる無味の食材を嚙んでいるみたいだった。たまに、父さんの骨の白さが脳裏によみがえった。そういうときは、頭の中で、まだ熱を持っているであろう骨に手を伸ばした。祖父に止められることはなく、触れると氷のように固く冷たかった。死そのものに触れているような気がして、すぐに手を離した。体が重く、怠《だる》かった。体のねじが一つずつ緩んでいくような日々だった。十二月の、日に日に冷え込んでいく乾いた空気が僕からいろいろなものを奪っていった。世界が少しずつかすんでいった。

ある日の放課後、下駄箱で上履きを脱ぎ、下足のスニーカーに右足を入れたとき、ふと思った。明日から学校に行くのはやめようかな。それは名案に思えた。学校で何か得るものがあるとは思えなかったし、気の毒な名前のラベルを貼られた生徒の存在はクラスの人たちにとって迷惑でしかなかった。陸上部をやめたいま、学校もやめてしまえば、僕はどんなに楽になれるだろう。

そんなことを考えながら靴に足を入れていると、背後から誰かに呼びかけられた。

「お、佐野、帰り?」

声の主は奥村だった。奥村とは何度か話をしたことがあったけど、特別に仲が良いというのではなかった。奥村は僕だけでなくクラスのほとんど全員と朗らかに話をしたし、いつも誰かに頼られていた。

「うん」と僕は言った。

「一緒に帰ろうぜ」

「……方向、逆じゃなかった？」

僕の家は国道を挟んで東側にあり、奥村は国道を挟んで西側に住んでいた。だから正門を出た瞬間に逆方向に向かって歩くことになる。

「ああそうか」と奥村は言った。「あのさ、佐野って放課後なにしてんの？」

奥村はたしか小学校五年のときに母親を交通事故で亡くしていた。彼が僕に声をかけてきたのはそのこととは無関係ではないような気がした。彼の目には他のクラスメイトが目に浮かべる怯えがなかった。

「家に帰るだけだよ」

「クラスで部活やってないのって、俺と佐野だけって知ってた？」

奥村はそう言いながら自分の下駄箱を開けた。彼は上履きを脱いでそこに入れ、同時に中から白い封筒を取り出した。彼はそれを一瞥《いちべつ》すると鞄《かばん》の中に素早くしまった。顔色一つ変えないところを見ると、奥村にとってこのようなことは日常茶飯事なのかもしれなかった。

「奥村って、漫画みたいだね」

そんなつもりはなかったのに、僕の口調はどことなく皮肉っぽい響きをはらんでいた。

奥村は困ったように笑って、「佐野さ、毎日家帰ってから何してんの」と言った。

「とくに何もしてないよ」

本当に何もしていなかった。川沿いの道を時間をかけて帰って、家に着いたらテレビをつけて、それを見るでもなく、父さんや、父さんがいつも言っていたことを考えながら、ぼうっと眺めて時間をつぶすだけだった。学校をやめたら一日じゅうそうしていようと思っていた。

「俺にも訊《き》いてくれよ。毎日家帰ってから何してんのって」と奥村は言った。

妙なことを言う男だと思った。

「奥村、家帰ってから、何してんの」

「俺は帰る前に学校の図書館か、下校途中にある西部図書館で勉強してる。それから家に帰ってる。そして晩飯食べたり妹と遊んだりする」

「そうなんだ」

奥村は常にダントツで学年一位の成績を収めていたけど、それは彼の普段からの努力によるものなのだとこのとき僕は知った。でも奥村にはガリ勉と呼ばれる人たちのような雰囲気はまったくなかった。それは単純に奥村が運動もできて（奥村は体育の五十メートル走で藤井と同じタイムを出した）容姿にも恵まれているからだった。僕は不意に浮かんだ疑問を思わず口にした。

「奥村、なんで部活入らなかったの？　運動できるのに」

「部活、入ってるよ」と奥村は答えた。

「さっき自分で部活入ってないって言わなかったっけ？」

「ほんとは入ってる。放課後勉強クラブ」

「なに、それ」

「知らないのかよ。学校でいちばん意欲的に活動してる部活なんだぜ。部員は俺一人だけど」

やっぱり奥村は妙なことを言う男だと僕は思った。

「聞いたことなかったよ」

「最近、一人での活動に限界を感じてきたんだよな。それで入部希望者募集中なんだ」

「……」

「暇してるやつ知ってたら紹介してくれよ」

整った切れ長の目が僕をまっすぐに見ていた。藤井を蹴っていたとき、背中にこの視線を感じていたことを僕は思い出した。「いまなら好待遇、入部と同時に副部長になれる」奥村はそう言った。

奥村の目の奥には僕や死んだ僕の父親やクラスメイトや、僕の知っている誰の目にもない意志や強さがあるように思えた。僕はなぜかその目から視線を外したくなって、昇降口の窓ガラスの外を見た。そこにはグラウンドがあった。陸上部の練習風景が見えた。藤井が風を切るように走っていた。落ちこぼれの先輩が何かにすがるようなおぼつかない足取りで四百メートルのトラックを走っていた。外は身を切るような寒さだった。僕は校舎の中にいて、詰襟の学生服のボタンを一番上までとめていた。マフラーをしていた。十二月の薄い日差しが乾いた空気を貫き昇降口のガラスに反射して目に飛び込んできた。僕の目の中でその光は乱反射したようになって爆発した。

部活は楽しいか？　自殺する前日の夜、父さんは僕にそう訊《たず》ねてきた。父さんはもう三か月ほど酒を飲んでいなかった。楽しいよと僕は答えた。半月前に部活をやめたことを僕は父さんに言っていなかった。めいっぱい走れよ、と父さんは言った。自分の責任で自分のために走る陸上競技が、僕にはきっと合っているだろうと思っていた。気の合う仲間が一人くらいはできるかもしれないと思っていた。

「おーい、佐野、聞いてる？」

「入るよ、放課後勉強クラブ」返事をした僕の声は不恰好《ぶかっこう》にかすれていた。

「入るなら泣かないでもっとうれしそうに言ってくれよ」

中一の十二月に僕は放課後勉強クラブの副部長になった。

野良猫のような目をした転校生が三人目の部員になるのは、それから一年近くあとのことだ。

市川

大学附属図書館三階にある小豆《あずき》色の古い革張りのソファが僕の居場所として定着したのは六月に入って間もない頃だった。

まず大前提として僕は大学生だった。だから長い夏休みと短い冬休みと長い春休み以外の期間は大学に行って講義を受ける必要があった。一般教養の科目を中心に多いときで日に四コマ、少ないときで日に二コマの講義の履修登録をした。

大学教授には実に様々な人種がいた。初夏の、人々が半袖《そで》を着はじめるような暑さの中、厚手のジャケットを羽織って手元の資料に目を落とし念仏を唱えるように何かをしゃべり続ける年老いた教授（この教授の目線が資料から離れるときは板書をするときだけだった）もいれば、学生たちの弛緩《しかん》した意識に噛《か》みつくように前のめりになって大きな声で話し、五分に一度適当な学生に質問を投げかけて意見を求める教授もいた。この教授は学生の答えが的外れだったり気に入らなかったりすると、それがどれだけ鈍く見当違いな受け答えだったかということを嬉々《きき》として延々と説明しつづける人だった。

僕は居眠りをしてこの目のぎらぎらした若い教授に一度注意されたことがあった。君は何をしにここに来てるの？　寝るなら来るなよ。僕はもちろん睡眠の確保のためにその講義を取ったわけではなかった。でもこれから先その人の授業で絶対に寝ないという確証を持てなかったので、次の回から出席するのをやめた。放っておいてもそのうち放棄していただろう。

そんな調子だったので、大学というもののだいたいのシステムがわかってきた頃には僕は履修登録をした講義の半分以上を結果的に放棄することになり、日に一コマ受けるか受けないかというのが常態になった。その結果、膨大な時間を持て余すようになった。

そしてその膨大な時間を受け止めてくれたのが附属図書館三階にある小豆色のソファだった。詰めれば四人ほどが腰かけられるくらいの大きく立派なもので、古びてはいるがその分クッションが柔らかく、腰かけるとちょうどいい具合に沈み込んで僕の体によく馴染《なじ》んだ。同じものが二つ横に並べられており、僕が好んで座るのは手前にあるほうのソファだった。奥にあるソファは角を曲がるとすぐに化粧室があるので、水を流す音が気になるのだった。

ソファの正面には近代日本文学の全集が収められた棚があり、斜め前の棚には現代の日本の有名な作家の小説がいくつかあった。現代の小説のほうはとりあえず置いてあるという感じで、数は多くなかった。僕はろくに本を読まないし、近代だろうが現代だろうが、文学や作家についての知識などまったくといっていいほどなかったから、それらの棚に特別な注意を払うこともなかった。

月曜から金曜にかけて、ほとんど毎日そのソファに座ったり寝転がったりして何時間もの時間をつぶした。たとえば午前中に大学に行ったときはまず二時間か三時間ほどをそのソファで過ごし、遅い昼食を食べ、一つだけ授業を受けてまた二時間ほどをソファで過ごす。そんな具合だった。毎日繰り返されるそれらの時間をすべて時給のいいアルバイトにでも充てていれば、学生にしてはちょっとした小金持ちになれるほどの長い時間だ。

もしも僕のことをずっと観察している人間がいたとしたら、受けるつもりのある講義の時間だけ大学に行けばいいじゃないかと言うだろう。一理あるけど、僕はそもそもたいていの講義は受けるつもりがあった。

居眠りを禁止されて自主的に放棄した授業はあったが、それは例外で、たとえ退屈でも最低限の出席日数さえ稼いで適当にレポートを出し、試験を乗り越えさえすれば単位が得られるのだったら、できるだけ我慢して講義に出ようと思っていた。

たとえば十時四十分からの講義が入っていたとしたら十時十五分に家を出る。東西に延びる駅前の大通りを東に向かって自転車で走り、歯科医院のところで左折する。そこから北へ向かう一本道の長い坂をひたすら上る。大学に到着して西門から構内に入った時点では、まだ僕には授業に出るつもりがある。

西門と生協前広場をつなぐ並木道は明るく、二限の講義に急ぐ学生であふれている。彼らは学内にいくつかある講義棟のどれかを目ざしてわらわらと移動していく。意欲に満ちた学生もいれば眠そうな顔をした学生もいる。誰もがいくつかのパターンに分類できる同じような恰好《かっこう》をしている。彼らは一様に単位やサークルやアルバイトや恋人や恋人にしたい人のことを考えているのだろうと僕は想像する。人並みの悩みを持ちながら大きな逸脱のないまともな学生生活を送ってまともな社会人になり、そのうちに家庭を持って年老いて運が良ければ子や孫に囲まれて八十歳くらいでおおむね幸福な人生の終わりを迎えるのだろう。

駐輪場に自転車を置き彼らに紛れて歩きながら、傍観者のような気持ちで人々を眺める癖がついていている自分に気づき唐突な脱力感に襲われる。足が勝手に図書館へ向かい、外階段を上り、二階の入り口から入って専用の機械に学生証を通してゲートを通過する。左手にある階段を上り一直線に三階へ向かう。数分後、講義開始を告げるチャイムを僕は小豆色のソファの上で聞く。罪悪感よりも、落ち着きを強く感じながら。大学生になって二か月、早くもそのソファは僕の体の一部になりつつあった。

＊

広崎の家は大学の南門を出て女鳥羽川を挟んだ向こう側にあった。古い木造の二階建てのアパート。近くには民家と団地と自動車の教習所とコンビニと、坂を少し上ったところと坂を少し下ったところにスーパーマーケットがある。

二階にある彼の部屋は入ってすぐに二畳ほどの台所があり、引き戸で隔てられた六畳間があった。

壁の薄い六畳間に置かれた茶色いローテーブルはホームセンターで買ったものであろう新品で、その上には十四インチのノートパソコンが置かれていた。敷きっぱなしの布団《ふとん》は薄く、ローテーブルとは対照的に年季が入っていた。おそらく東京の実家から持ってきたのだろう。壁際には本棚があり、何冊かの本と漫画と大学で使う教科書類が入っていた。

「二万七千円」

初めて僕がその部屋を訪れたとき（たしか四月の中旬だった）、訊《き》いてもいないのに広崎は家賃を教えてくれた。彼の家賃二万七千円の城の玄関ドアは風が吹くとカタカタと音を立てたし、外階段を誰かが駆け足で上り下りするとその振動で部屋全体がかすかに揺れた。

僕は部屋にテレビがないことに気がついた。

「テレビは？」

「ああ」広崎は冷蔵庫からペットボトルの緑茶を取り出しながら言った。「バイトして金がたまったら買う」

この一か月ほどあとに、テレビはなくても困らないことに気づいたからやはり買わない、と広崎は僕に宣言することになるのだけど。

僕たちが彼の部屋ですることは、話をする、音楽を聴く、ビールを飲む、の三つだった。

大学生はビールを飲むものなのだと広崎は信じていて、彼の部屋の冷蔵庫にはバドワイザーが常備されていた。アサヒスーパードライやキリンラガーではなくバドワイザー。バドワイザーは響きもラベルも恰好いい、バドワイザーの空き瓶がたくさんあるような古いアパートに住んでいればいい音楽ができそうな気がする、広崎はそんなことを言った。意外にも馬鹿な学生の典型のようなことを言うんだなと僕は思った。しかしその単純さには好感が持てた。広崎の行動や言葉は常に素直で気取りや嘘がなかった。

「あと味が薄くて飲みやすい」

「飲みやすいって……じゃあ広崎もそんなにビール好きじゃないんじゃん」

「ビールを飲むという行為が重要だ」と広崎は言った。

僕はビールなどおいしいと思ったことがなかったが、広崎のアパートに行くときには彼の信条に従ってバドワイザーを買って行き、彼に付き合って飲んだ。たしかにビールが好きではない僕でも比較的飲みやすい味ではあった。

広崎はノートパソコンを小さなスピーカーにつないでいろいろな音楽を流した。彼の聴く音楽のジャンルは、サークルを決めるときにバンドサークルからゴスペルサークルから管弦楽団まで見学したことからわかるように様々だったが、割合としてはロックやフォークが多かった。何十年も前の外国人のバンドも、いまの日本人のバンドも彼は聴いた。彼のパソコンのフォルダには膨大な数のアーティストの名前が並んでいて、僕が名前を知っているくらい有名な歌手やバンドと、そうでないものが混在していた。そうでないもののほうが圧倒的に多かった。

「そういえば広崎がいちばん好きなバンドはなんなの？」

六月中旬のある日の夕方に広崎の部屋でそんな質問をしたことがあった。図書館の古いソファが僕の居場所として定着していたのと同様に、広崎の部屋も僕の居場所としてすっかり定着していた。

「洋楽ならビートルズ。日本だったらはっぴいえんど」と彼は答えた。

ビートルズは知っていた。しかしはっぴいえんどという人たちを僕は知らなかった。

「ビートルズと、そのはっぴいえんどって人たちと、どっちがより好きなの？」

広崎はけっこう長いあいだむずかしい顔をして黙り込み、はっぴいえんど、と言った。

僕は試しに彼らのアルバムを聴かせてもらった。三曲目に聴き覚えのある曲が流れてきた。この曲はテレビのコマーシャルに使われていたから有名、と広崎は言った。

僕たちはその日、はっぴいえんどを聴きながらいつものように飲みなれないビールをちびちびと飲んだ。彼らの曲には街とか路地とか風とか空とか煙草とか珈琲《コーヒー》とかいった言葉が出てきた。

「なんかいいかすって感じのバンドだね」と僕が言うと、広崎はかすかに笑みのようなものを浮かべた。

「この人たちのどこが好きなの？」

「……どこと言われてもな」と広崎は言った。

「曲の感じが好きとか、詞が好きとか、声が好きとか、そういうのがあるんじゃないの？」

また広崎はしばらく考え込んで、

「バンド名が世界でいちばん素晴らしい」

と言った。

はっぴいえんど。

「たしかに」

僕は広崎の意見に賛同しないわけにいかなかった。

そのとき冷蔵庫にあったバドワイザーは四本だけだったから、それぞれが二本ずつ飲むとあとは飲むものがなくなってしまった。いつもなら二本でじゅうぶんだったが（僕はそもそも義務のように思って飲んでいた）、なぜかそのとき初めてうまく感じて、もう少し飲めるような気分になっていた。街とか路地とか風とか空とか煙草とか珈琲とかいった言葉を駆使する音楽と、窓から吹き込む実際の風と、そこから見える実際の空のせいかもしれなかった。

僕たちはスーパーマーケットに行くためにアパートを出て、女鳥羽川の東側にある道路を下った。道路の両側には民家や小児科や床屋やラーメン屋がごちゃまぜに並んでいた。西の空が夕日に薄赤く染まり、白いまだら模様の幹をした街路樹の緑がその色を映してかすかに光っていた。道沿いの民家の庭先に植えられたビワの木に黄色い実が生《な》っていた。

スーパーマーケットにはあまり客がいなかった。

スナック菓子コーナーで、広崎がぶら下げた買い物かごに僕がつまみになりそうなものを適当に放り込んでいるときに、「ぐりとぐら」という声が聞こえた。聞き覚えのある言葉と声だった。横に吉岡がいて、やっほ、と彼女は言った。

吉岡は昔のアメリカの子どもみたいな濃い色のデニム地のオーバーオールと、その中に白いTシャツを着ていた。足元は白いサンダルで、爪は毒々しい青色をしていた。大きなピアスもやはりつけていた。でも吉岡のそうした部分的な派手さは彼女の清潔感を損なう方向には作用しておらず、吉岡という人間のキャラクターを表すものとしてしっくり馴染んでいた。彼女なりのセンスがあることをはっきりと感じさせるような。

「何してるの？」

ビールが足りなくなったから買いに来た、と僕と広崎は言った。吉岡の買い物かごにはキャベツと大根とサラダ油とツナ缶と油揚げと、あといくつかの細かいものが入っていた。

「市川君、ビールあんまり飲めないんじゃなかったっけ」

「きのうまでそうだったけど、さっき飲めるようになった」

「なにそれ。ていうか宴会してるならなんで私を誘ってくれないの。チョコレートを三等分した仲なのに」

「いや、連絡先知らないし」

「知ってても誘わなかったでしょ」

まあ、と僕は言った。

吉岡に会うのは三週間ほど前、夜の公園でチョコレートを分け合って以来だった。あのとき僕たちは連絡先を交換したわけではなかったし、また今度夜の公園でチョコレートを分け合いましょうと約束をしたわけでもなかったから、あれ以来会うこともなかった。僕は学内で何度か吉岡を遠目に見かけていたが、彼女はたいてい学部の友人らしき男女混合のグループと一緒にいて、いつも楽しそうにしていた。だから声をかけることもなかった。大学を爆破したいとか言っていたけど、本当のところは大学生活をうまく楽しめている人なのだろうと僕は思っていた。

吉岡も僕たちの宴会に途中参加することになり、それぞれに会計を済ませてスーパーマーケットを出て、三人で広崎の家へ向かった。

じゃんけんで負けた広崎が僕たちの買った十本のビールやスナック菓子の入った袋を持ち、吉岡は、キャベツと大根と二リットルのサラダ油とツナ缶と油揚げと、その他の細かいものが入った青色の自前の大きなポリエステル素材のエコバッグを持って歩いた。吉岡はバッグを持った右手とは反対のほうに体重をかけるように体を傾けて歩いていた。

「なんか、重そうなものばかり買ってるね」

「うん」

それからしばらく無言で歩いていると、「え」と吉岡が言った。「代わりに持とうか？　とか言わないの？」

「だって君の荷物じゃん」と僕は言った。持って歩けないほど重いものだったら手伝うけど、そこまでではなさそうだったから。

吉岡は立ち止まって二秒ほど無言で僕を見ていた。もしかしたら地雷を踏んだのかもしれない。女の子だから荷物を持ってもらって当然というタイプの人なのかもしれない。

吉岡が急に笑い出したので僕は不気味に思い、助けを求める思いで広崎のほうに視線をやった。広崎は首を傾げていた。呆《あき》れて笑ってしまうくらい腹が立ったということかな、と僕は目で広崎に訊《たず》ねた。でも広崎が僕の質問を理解したかどうかはわからなかった。

広崎から吉岡に視線を戻すと、彼女はすでに笑い止《や》んでいて、そしてまた体を傾けて歩き出した。

十分ほどで広崎の家に着いた。二人で出かけて三人で帰ってくるというのは妙な感じだった。

雨が降る前みたいな湿り気が空気に混じり始めていた。

吉岡は広崎の部屋に入ると、冷蔵庫見ていい？　と言った。ああ、と広崎が返事をすると、彼女は冷蔵庫の中を検分して、卵しかない、と言った。広崎の主食はインスタントラーメンや乾麵《かんめん》のそうめんや蕎麦《そば》で、冷蔵庫はほとんどビールを冷やすためだけに存在していた。粗末な食生活がいい音楽を生む、などと広崎は考えていた。彼は音楽に関することとなると馬鹿のような思考回路でものを考える傾向にあった。

「二人、今日何か食べた？」

「昼に生協でコロッケパン買って食べたけど」

「広崎君は？」

「俺も昼に生協で牛乳パンとおにぎり」

野菜食べなよ、と吉岡は言った。

「僕は実家だからわりと食べてる」

といっても夜はたいてい広崎の家にいたので、家でまともな夕食をとるのは週に二回か三回だった。

吉岡は僕の言葉を無視して台所の下の棚を勝手に開け、調理器具と調味料を確認した。基本的なものはだいたいそろっていた。台所借りるねと言いながら、自前の青色の買い物袋から大根とキャベツと油揚げとツナ缶を取り出した。安いプラスチック製のまな板の上に大根を置いておでんの具のような形に切り、器用に皮を剝《む》いて、それをさらに四等分にした。大きめの鍋《なべ》に水と顆《か》粒《りゅう》ダシと大根を入れて火にかけた。油揚げも切ってそこに放り込み、最後にめんつゆを入れてふたをした。続いてキャベツに勢いよく包丁を入れてざく切りにし始めたところで不意に動きを止めて振り向き、僕たちがじっと見ていることに気がつくと、「え、見られてるとなんか落ち着かないんだけど。テレビでも見ててよ」と言った。

「この家、テレビないんだよね」と僕は言った。

「じゃあ二人であやとりでもしてて」

「ちょうどいい紐《ひも》がない」と広崎が言った。

「なんでもいいからあっち行ってて」

僕たちは六畳間のほうに移動して静かにしていた。三分くらいしてキャベツとツナと卵の炒《いた》め物を手に吉岡はやってきた。僕たちは乾杯をした。広崎がさっそく炒め物をつついて、うまい、と言った。たしかにおいしかった。胡椒《こしょう》と醬油《しょうゆ》で味付けされていて、キャベツの甘さと醬油の香ばしさと胡椒の辛さとの相性が良かった。

「料理できるんだな」広崎がひどく感動した様子で言った。

「いや、炒めただけだし」

「炒めただけでこんなにおいしいんだから、料理うまいんじゃん」と僕は言った。

「そうかな。ところでさ」と吉岡は言って一度言葉を切ってから、続けた。「二人とも、私の名前、もしかして覚えてない？」

「覚えてる」

「あ、覚えてないね、やっぱ」

「吉岡さん」僕と広崎は同時に言った。

「なんだ。一回も名前呼ばれてないから忘れられてるのかと思った」

「まだそんなに親しくない人の名前を呼ぶの苦手なんだよね」

と僕が言うと、吉岡は不思議そうな顔をした。俺も苦手、と広崎も言った。

「名前呼ぶのが苦手ってよくわかんない。忘れられてるんじゃないかって不安になるから、たまに呼んでアピールしてほしいんだけど、名前覚えてるよって」

「できるだけそうする。でも僕と広崎や君では、たぶん人間の種類がちがうんだ」

「ひどいな。仲間外れにしないでよ。チョコレートを分け合った仲なのに」

「チョコレートを分け合ったって、そんなに重要な事柄かな」

「大学入ってからいちばん楽しかったのがいまのところあれ。だからかなり重要な事柄」

「うそでしょ。だって君、学校で見かけるといつも何人かと一緒にいて楽しそうだ」

「楽しくないよ。ただ一緒にいるだけ」

「ただ一緒にいるだけなら、一緒にいる必要はないんじゃない」

「そうなんだけど、でも一人でいると急に不安になるときってない？」

僕は広崎を見た。広崎も僕を見ていた。

「二人ともそういうタイプじゃなさそうだね」

外でカラスが鳴いた。窓から見える電線に彼らは三羽並んでとまっていた。

「どうでもいいけど、その足の爪の色ちょっととこわいね」と僕は言った。

「青が好きなの」

「青？　なんで？」

「なんでもなにもないけど好きなんだ。でもやっぱこの色へんかな」

「ちょっとこわいけど、似合ってはいると思う」

吉岡は少し驚いたような顔をして、「ありがとう」と言った。「そろそろ大根やわらかくなったかも」そして立ち上がり、台所へ行った。

吉岡がいなくなると、いつもの、僕と広崎だけの静かな空間が一瞬だけ戻ってきた。仲いいな、と言って広崎はキャベツを食べてビールを飲んだ。広崎が全然しゃべっていないので、僕は少し悪く思った。そもそもここは広崎の家だ。でも彼はもともと口数が少ないし、なんとなく楽しそうな顔をしていたので、たぶん広崎なりにこの時間を楽しんではいるのだろう。

吉岡の作った大根と油揚げの煮物は十五分ほどしか煮ていないのにやわらかくて味が染みていて、予想どおりとてもおいしかった。

「料理すごく上手なんだな」少し間があって、「吉岡、さん」と広崎は言った。

「吉岡でいいよ」

「……ああ、うん」広崎は大根を次々に口に放り込んだ。

「ほんとだ」と僕が声を上げると、やはり吉岡は「いや、煮ただけだよ」と言った。

「煮ただけでおいしいんだから、やっぱ料理うまいってことじゃん。コツみたいなものがわかってるんでしょ」

「それはそうだよ。実家にいるときは学校に行かないで毎日料理ばっかり作ってたんだもん」

「どういうこと?」

「夜になるとお父さんが仲間を十人くらい連れてきて飲んだり食べたりするから、昼間から晩御飯の準備しなきゃいけなかったんだ。配給みたいな感じで」

「ビールを一人五リットル飲む大工たち?」

「そう。大工だからたくさん飲むし、食べる量もすごいんだもん。のんきに学校なんか行ってサインコサインタンジェントとか仮定法過去とか落窪《おちくぼ》の君がどうとかやってる暇なんかなかったの」

「吉岡さん、それは本当の話?」

「吉岡でいいよ」

「吉岡、それは本当の話?」と僕は言い直した。

「うそだよ」と吉岡は言った。「両親が教員で毎日帰りが遅かったから、中学とか高校のときとか、私が晩御飯作ることが多かったの。弟と妹いるし」

「じゃあなんでビールが飲めるの」

「友達の影響」

「友達?」

「ところでそこのギター広崎君の?」吉岡は僕が訊き返したのを無視して言った。

部屋の片隅にはアコースティックギターが置かれていた。それは広崎が四月にリサイクルショップで買ったものだった。フォークソングサークルに入っているのだと広崎は吉岡に説明した。

「弾き語りとかできるの?」

「……いや、まだ練習中」

「でも広崎、自分で曲を作ってるんだよ」

少し前に聞いたところによると広崎は覚えたての簡単なコードを使ってさっそく曲を作っているというから僕は感心したのだった。でも彼はいまのところその曲を披露してくれたことがなかった。

「うそ、曲作ってるってすごいね」

広崎が恥ずかしそうにして何も言わないので僕が代わりに「すごいでしょ」と答えた。

「そういうのって普通、最初は誰かの曲を練習するものなんじゃないの?」

「……まあ」

「自分の言葉で歌いたいんだって、広崎は」

広崎は吉岡の前だといつにも増して口数が少なくなった。なので僕が代わりに答えなければいけなかった。

吉岡はひどく感心したような顔をした。「聴いてみたい。どこかで披露する機会はないの?」

「今度、サークルのイベントは、ある」と広崎は言った。

「それ、出るの？」

……いちおう、と悪さをした子供のような顔で広崎が答えると、見に行こう、と吉岡が言った。

フォークソングサークルのイベントが催されたのは七月中旬の土曜で、会場は普段一般教養の授業で使われている教室だった。

イベントといっても基本的にはそのサークルに所属する人たちが仲間を観客に演奏するごく内輪のもので、僕や吉岡のような部外者はあまり多くないようだった。

広崎の出番の一時間前に会場に行くと、二人組の女の子が歌をうたっているところだった。

ステージ（とはいっても教室だから観客のいる場所と高さは同じだった）には小さなアンプが二つとスタンドつきのマイクが何本かと両サイドに一つずつ小さなスピーカーがあった。二人組のうちのひとりはキーボードを弾きながら歌い、もう一人は楽器を持たずに歌った。観客は二十人から三十人ほどで、演奏中にも人の出入りがあった。五人ほど増えたり、逆に五人ほど減ったりもした。二人組が一曲演奏し終えるたびにまばらな拍手が起きた。それらの曲は彼女たちの自作のものではなく、誰かの曲のカバーのようだったが僕はその誰かを知らなかった。どことなく合唱曲じみていて、フォークという感じではなかった。フォークソングサークルと銘打ってはいるけど、フォークソングしか演奏してはいけないというわけではないようだった。

二人組の出番が終わると今度はアコースティックギターをぶら下げた明るい茶髪に白いシャツの男が出てきてむずかしい顔で簡単なサウンドチェックのようなものをして、二、三年前からテレビでよく見るようになった若い弾き語り歌手の曲をテンポよく披露した。堂々として声量があり、慣れた感じの演奏だった。曲と曲の合間に仲間たちの笑いをとっているところを見ると白シャツはおそらく三年生か四年生で、このサークルの主要メンバーなのだろうと思われた。観客はさきほどの二人組のときより十人ほど多く、拍手も大きかった。広崎の出番は彼のあとだった。

「なんかこのあとって分が悪い気がするね」吉岡は自分がステージに立つわけでもないのに不安そうに言った。

「べつに勝負するわけじゃないんだからさ」

「そうだけど」

しかしちょっとした盛り上がりを見せたあとのステージに椅子とアコースティックギターを持ってのそのそと登場する広崎を見ると、僕もなんとなく緊張しないわけにはいかなかった。

「なんだろう、やっぱ緊張してきたよ」

「でしょ。弟のバスケの試合見に行ったときの感じ」

広崎が歌い始めるまでのあいだに七、八人ほどが教室の外に出て行った。おい、僕の友達がこれから歌うんだぞと僕は思った。始まるよ、と吉岡が言った。

「『消費税』という曲です」挨拶《あいさつ》もなくいきなり広崎はそう言ってアコースティックギターの弦を指ではじいた。観客の私語がやみ、うっすらとかかっていたＢＧＭも止まった。

県大会が終わりました

甲子園に出られないことが決まりました
父親は泣いていました
おまえ、惜しかったな、がんばったな
そのとき俺はギターを買うことばかり考えていました
グローブは実家に置いてきました
俺はいま、古くて新しいギターを弾いています
リサイクルショップで買った九千八百円のギターです
お釣りの二百円でピックも買いました
Fenderという有名なメーカーのです
でも消費税のせいで一枚しか買えませんでした
それもすぐになくしたので俺は指でギターを弾いています
九千八百円のギターを指で弾いています

ギターを抱えるようにしてうつむき気味に広崎は歌った。音程が不安定で、歌というより詩の朗読のようでもあった。語りのようなテイストの音楽を志向しているからなのか、単に広崎の歌がへただからなのかはわからなかった。つま弾くギターも低い声も白シャツの三分の一ほどの音量だった。

『消費税』が終わると数秒の沈黙があった。素人が前衛芸術の舞台を見に行って拍手のタイミン

グがわからない、といった感じだった。

僕と吉岡が手を叩《たた》いたのはまったく同じタイミングで、僕たち以外の観客はそれに続いて申し訳程度に困惑をまとった拍手をした。拍手が収まると、あの、と広崎は言った。あの、これで終わりです。まだ一曲しかできてないので。

少しの間があり、BGMが戻ってきた。広崎の人生初となるステージはわずか三分で終わった。彼は椅子と九千八百円のアコースティックギターを持って、観客と同じ高さのステージから廊下へはけた。僕と吉岡も教室を出た。

「見に来てくれてありがとう」と広崎は言った。「なんだか恥ずかしいな」

「はっきり言って僕がいままで聴いた音楽ではっぴいえんどの次によかったよ」と僕は言った。

「はっきり言って変な曲だったけど、なんか広崎君ぽくてすごくよかったよ」吉岡が僕の真似をして言った。

そのあと僕たちは大学の西門を出て道路を渡ってすぐのところにあるエスニックカリーの店で昼食をとった。イエローカリーがとても辛いことで有名な店だった。でも僕と広崎はその店に行ったことがなかったし、イエローカリーが辛いことも知らなかった。

「初めての人はイエローがおすすめ、絶対」

吉岡にそう言われて僕と広崎は何も考えずにそれを注文した。数分して頼んだものがやってきた。ルーとご飯は別皿で、イエローカリーには骨付きの鶏肉《とりにく》が入っていた。一口食べて悶絶《もんぜつ》した。辛いと言うより痛いと言ったほうがよかった。僕は水を飲んでしばらくだらしない犬のように舌を出していた。それを見て吉岡がケラケラと笑った。広崎は大量の汗をかいてはいたが普通の顔をして食べていた。

「吉岡さん」と僕は言った。

「吉岡でいいよ」

「吉岡」と僕は言い直した。「馬鹿」

「慣れるとやみつきになるんだけどな」吉岡は相変わらず笑いながら、自分の注文したブラックカリーと僕のイエローカリーを交換してくれた。

ブラックには豚肉が入っていた。それも辛かったがイエローのように悶絶するほどではなく、うまさを堪能《たんのう》できるくらいの適度な辛さだった。「これめちゃくちゃうまいね」と言うと、「でしょ」と応じながら吉岡は平気な顔をして僕を犬にしたイエローカリーを食べた。

「ていうか広崎、辛くないの？　一口で喉《のど》と口の中がぶっ壊れかけたんだけど」

「辛いけどうまい」広崎はやわらかく煮られた鶏肉の身を骨からスプーンでベロンと剝《は》がし口に運んだ。

昼食を終えると広崎はサークルのイベントに戻り、僕と吉岡は腹ごなしにふらふらと大学の周辺を歩いた。大学のすぐ北側には松本市総合体育館があり、その敷地沿いの道路を川のほうへ向かって歩いた。季節は夏で、空から混じりけのない空気を突き抜けて降り注ぐ強烈な紫外線が僕たちの肌を容赦なく焦がした。吉岡はチューリップのような形の帽子をかぶっていた。

「ここ入学式の会場だった」と吉岡が総合体育館を指して言った。「ちゃんと来た？」

「あれ行かなくてもよかったよね。出欠とってるわけでもなかったし」

「ダメでしょ入学式なんだから」

「入学式には必ず出席しなきゃいけないなんて規則があるわけでもないだろうし」

「わかんないじゃん。大学にも校則みたいなのあるかもよ。『其《そ》の一・入学式はできるだけ出席すべし』みたいな」

「その校則あんまり意味があると思えないけど」

「そういえば市川君て地元なんでしょ。どのへんに住んでるの」

「市川でいいよ」と僕は言った。

「市川どこに住んでるの」

「ここよりもっと南のほう」

「じゃあ帰りは坂を下ってくんだ。自転車でしょ？　気持ちいいね」

「行きは地獄だけど。とくに夏は」

「南のほうって、どれくらい？」

「駅よりもさらに南。っていっても自転車でここから二十分もあれば着くから近いと言えば近い」

「大学が実家から自転車で二十分てすごいな。県外に出ようとか思わなかったの？」

「とくに」

「松本が好きなんだね」

「好きっていうか、外に出ていけなかった」

「経済的に？」

「精神的に」

「なにそれ」

「出てくなって言われてるような感じ」

「誰に」

「さあ……何かに」

「なにそれ」と吉岡はもう一度言った。なにそれが吉岡の口癖だった。

「吉岡はどこだっけ、たしか岐阜だったような」

「違うよ栃木」

「ああ、栃木ね。ぎがつくところだと思ったんだ」

「適当だなあ」

「栃木って何があるんだろう。何も思いつかない」

「失礼だな。何もないけど」

「何もないところから何もないところに来るって物好きだね」

僕と吉岡との会話はたいした内容がないわりに途切れることがなかった。途切れることをおそれて無内容な会話を無理やりに続けるという感じではなく、次々と言葉が出てきて結果的に会話が終わらない、といった感じだった。こうした感覚を味わうのは久しぶりだった。

女鳥羽川沿いを僕たちは北へ向かって歩いた。日差しは明るく川面《かわも》は光っていた。東の山は近く、遠くに見える西の山の稜線《りょうせん》は幾重にも重なって町を囲むようにどこまでも続いていた。山の上には冗談みたいな青い空が広がっていた。自然が生み出すその明るい景色は僕の目にいつもどことなく作り物じみて見えた。空のドームと山の柵《さく》に閉ざされたミニチュアの町。

川が大学のすぐ近くにあるのっていいよねと吉岡は言った。松本にはいたるところに川とか水路がある、と僕は教えてあげた。女鳥羽川の河川敷では子供が石を拾っていた。

「たまに川に入りたくならない？」と僕は言った。

「ならない」と吉岡は答えた。「眺めるのは好きだけど。部屋のベランダから気づくと一時間くらい眺めてることあるよ」

僕は立ち止まって吉岡の顔を見た。どうしたの急に、と吉岡は言った。なんでもない、と僕は答えた。吉岡は不思議そうな顔をした。

「ひどい雨が降った翌日にもし川に落ちたらさ」石拾いの子供たちを眺めながら僕は言った。

「たぶんすごい速さで下流に流されて、途中で別の川が合流してきて川幅がどんどん太くなって岸に手をかけることもできなくて、気づいたら周りは知らない景色で、町なんかとっくに何キロも後ろのほうにあって、気を失ったまま最後は東映映画のオープニング画面みたいな寒そうなごつごつした岩場の白波の海に放り出されて、そして沖のほうで止まったところをサメに食べられるんだろうね」

「……何の話？　川に流されて町から出て海でサメに食べられたいの？」

「一人でいて不安に感じるときはいまみたいなどうでもいい想像をしてると気が紛れるよって

話」

「市川は一人でいても不安にならないんでしょ」

「不安ていうのはあんまりない気がする」

「じゃなきゃ図書館のソファであんなに堂々と寝られないよね」

僕は顔を上げて石拾いの子供たちから吉岡に視線を移した。

「……吉岡、もしかして普段から図書館を利用してる？」

「一人になりたいときは」と吉岡は言った。「入学してわりとすぐに市川を図書館で見かけた。そのあとも何度か見てる。あの居酒屋のとき、この人図書館のソファで寝てる人だって思った。なんであんなところで寝てるの」

「なんでってこともないけど」

「なんでってこともないことはないでしょ」

「恥ずかしいから言うのいやなんだけど、一人学生運動をしてるんだ」と僕は言った。

「学生運動？」

「大学の図書館のソファに何時間も寝っ転がることで僕は他の従順な学生とは違う非凡で意志のある野心的な人間だぞってアピールしてる」

「誰に」

「えーと、世間とか」と僕は言った。

「あんまり成功してると思えないけど」

「そうかな」

「ほとんど誰も見てない場所で野心的に寝てるってこと?」

「そう、野心的な睡眠なんだ」

「ふざけないで真面目に答えてよ」と吉岡は言った。

それから僕たちは前期末試験の話をした。吉岡は勉強に関してはかなり真面目に取り組んでいるみたいで、だから試験の数もレポートの数も多いみたいだった。僕は授業の半分以上を放棄していたからとくに忙しくはなかった。一年のうちからサボり癖がついたらよくないよ、と吉岡は正しいことを言った。後期からがんばるよ、と僕は答えた。そんなやりとりをしているうちに吉岡のアパートの前についた。オートロックでもない、広崎のアパートよりほんの少しだけ築年数が浅く、ほんの少しだけぼろくないアパートだった。女の子が住むには少しセキュリティに問題がありそうだった。二階の角部屋だから大丈夫、と吉岡は言った。

「……角部屋のほうが危ないんじゃなかったっけ」

「ちょっと寄ってく? ビールと酎《ちゅう》ハイくらいならあるけど」僕の言葉を無視して吉岡は言った。

「いやいや、女の人の家に一人で上がったりしないよ」

「なに考えてるの。友達として招待しただけなのに」と吉岡は言った。「ドア閉めたとたんに襲ってきたりする野蛮な人じゃないでしょ」

「それはそうだけど、でもそんなに簡単に男を家に上げないほうがいいと思う」

「誰彼かまわず招待するわけじゃないよ。いまのところ誰もうちに来たことないし」吉岡は憤然として言った。「そういえば朝から気になってたけど、そのシャツ、袖のところに穴あいてるよ」

「うん」

「サイズも大きすぎるし。そういうの気にならないの?」

「あんまり」

「変わってる。まあいいや、送ってくれてありがとう」

どういたしまして、と言って僕は家へ帰った。

佐野

放課後勉強クラブの活動はその名のとおり放課後に勉強をするだけのおそろしく地味なもので、活動ペースは平均して週に三回ほどだった。曜日は決まっていなかった。

冬のあいだの活動場所はもっぱら学校の西にある市立の小さな図書館で（冬は学校の図書館の閉館時間が早かった）、そこには多少の雑談も可能な勉強用の畳敷きの空間があり、僕たちは胡坐《あぐら》をかいてそれぞれに机に向かった。

五分に一度、伸びをしたりシャーペンを転がしたりしなければ座っていられない僕とは対照的に、奥村の集中力にはすごいものがあった。

奥村の勉強は、ノートを広げて鉛筆を動かしている時間がほぼ皆無だった。彼は胡坐をかいた脚の上に教科書や参考書を置き、それを読んでばかりいた。そのときの奥村は、読むというよりも眺めるというほうが近いような、ぼんやりと力の抜けた目をしていた。百メートル先で起きている自分とはまったく無関係の人間の喧嘩《けんか》を、興味もないけれどほかに見るものがないので眺めている、といった感じの目だった。そんな目で彼は数学や英語の教科書や日本史の資料集を読み、ぞんざいな手つきでページをパラパラとめくった。はたから見るとても真面目に勉強しているようには見えないそれが彼の勉強のやり方だった。そして驚くべきは、それらの教科書や資料集が、僕たちが普段使っている中学一年用のものではなく、高校一年が使うものだということだった。

僕は入部して初めての活動を行った日に奥村に訊《たず》ねた。

「……奥村、教科書間違えてない？」

奥村は何も答えなかった。だから僕は奥村に僕の声は届いていないのだと思った。でも五秒以上たって、僕の声が長い旅路の末ようやく奥村の意識にたどりついたみたいに、

「おう、大丈夫」

奥村は日本史の資料集から視線を離さずに答えた。その目はものすごい速さで動いていた。

「……あの、集中してるところ悪いんだけど」

奥村は、今度はすぐに顔を上げて向かいに座る僕を見ると資料集を閉じた。ぱたんという小気味のいい音が響いた。

「奥村って、いつもそんなの読んでるの？」

「まあ、だいたい」と奥村は言った。「そういや新入部員歓迎会がまだだったな。初日だから今日は親睦《しんぼく》を深めるために特別にメニューを雑談に変更しよう」

僕はちっとも動かしていなかったシャーペンをノートの上に置いて、「お兄さんとかいるんだっけ？」と奥村に訊ねた。

「いない。妹ならいる」

「じゃあその教科書とか資料集は？」

「資源物回収ってすごいぜ。小学校から高校まで教科書のたぐいはだいたいそろう」

「……高一の教科書読んでるってことは、中学で勉強することはもう完璧《かんぺき》に理解したってこと？」

「完璧かどうかはわからないけど、たぶん、だいたいは」

「奥村って、もしかして天才？」

するとは奥村は吹き出した。「佐野っておもしろいな」

おもしろいことを言ったつもりはなかったんだけど、と僕は思った。

「勉強が好きなの？」

「いや」と奥村は言った。「嫌いじゃないけど、好きってこともないなあ」

「好きじゃないのに中一で高一レベルの勉強を自主的にしてるって、矛盾してるよ。医者になりたいとか？」

「医者か。なれる可能性は残しておきたいな」

「可能性？」

「そう、可能性。あらゆる可能性を排除しないっていうのかな」

政治家みたいなことを言う、と僕は思った。

「佐野は将来について考えたことあるか？」

「将来？　夢とか？」

「そう。夢とか就きたい職業とか」

とくにない、と僕は言った。僕は大人になった僕を想像できたことがなかった。

「俺もとくにやりたい仕事が決まってるわけじゃないんだが」奥村はそこで一度言葉を切り、少し考えるようにうつむいて、それから顔を上げた。「何かしら人の役に立ったり、人を救ったりする仕事ができたらいいと思ってる。いまは具体的にどういう方向に進むべきかわからないけど、これから中学卒業して、高校行って、自分の進むべき道が明確になったときに学力がなくてそれに続く道を選べないっていうのは嫌だろ。もうちょい勉強しとけばよかったぜって後悔するの」

奥村の切れ長の目は勇敢で賢く正義感の強いオオカミという感じだった。奥村のような目をした人をやはり僕は見たことがなかった。その目を見ながら僕は昼休みに教室の隅で騒ぐクラスの男子の姿を思い出していた。彼は小テストの点が悪かったから母親にゲームを没収されたことを友達に向かって嘆いていた。クソババア殺す、ぜったい殺す。彼と奥村は年齢が同じで、当たり前だけど毎日同じ教室で勉強していた。ついでに言えば僕も同い年でその教室に含まれていた。

「奥村って、やっぱり天才なんだね」

「どこがだよ。天才って相対性理論を発見したりするやつのことを言うんだぜ」

それから二学期末テストまでのあいだに奥村がテスト範囲を勉強しているところを僕は一度も見ることができなかった。奥村は一学期の中間、期末、二学期の中間それぞれのテストでダントツの成績を収めたのと同じように、このときも学年でダントツ一位の成績を収めた。僕はいつもより少しだけ良好で、奥村に比べたら平凡極まりない点を取った。

＊

短い三学期と春休みがやってきてすぐに終わり、年度が替わって僕たちは中学二年になった。クラス替えはなかった。去年まで小学生だった人たちが僕たちの後輩として入学してきて、大きすぎる制服を着て学校のあちこちにいた。彼らは去年の僕たちだった。僕は去年のいまごろの奥村を思い出してみたが、彼は入学式のときにはすでに、五年前から着ているといった顔をして学生服を着ていたし、実際にそのように見えた。成長を見越して大きめであるのは僕やほかの生徒と同じなのに、どういうわけか奥村だけそれを感じさせなかった。袖《そで》を通してボタンをとめるだけだから着こなしも何もないのに不思議だった。奥村にはそういう才能があった。むしろ奥村が才能を持っていない事柄を探すほうが困難だった。

このころにはクラスメイトが僕を見るときに目に浮かべていた怯《おび》えの色はかなり薄れていた。奥村のおかげかもしれなかった。奥村がクラスでの僕の新しい立ち位置を確保してくれたような気がしていた。『触れるべきでない人物』から、『奥村の友達』へ。

奥村と話す僕を見てそれほど恐れる必要はないと感じたのか、何人かのクラスメイトが僕といくらか言葉を交わすようになった。しかし親しいと言えるほどの存在はいなかった。藤井を殴り、蹴《け》ったという事実は誰の記憶からも消えていなかった。奥村と親しく話をすることができればいいと僕は思っていた。

奥村はゴールデンウィークまでのあいだにとなりのクラスの女子から手紙を一通受け取り、僕たちのクラスの女子からも一度、放課後に呼び出されていた。でも彼はその女子生徒たちが喜ぶような返事はしなかったみたいだった。

奥村に誰かが告白してふられたという噂は、一年の頃からお決まりのニュースみたいに定期的に学年中を駆け巡った。奥村がそれを自分から話すことはなかったが、奥村に挑む女子生徒の多くが、今度奥村君に告白するんだ、と仲のいい女子たちに宣言し盛り上がるという手順を踏んでから奥村に挑戦するからだった。

「告白されるのってどういう感じ？」「月島《つきしま》をふるなんてどうかしてる」「自慢のひとつもしないところが逆に嫌味だ」

奥村が誰かの告白を断ったというニュースが流れるたびに彼はクラスの男子からそんなことを言われていた。でも多くの男子生徒は奥村という完璧な男には勝てないとわかっていたし、女子生徒の人気が彼に集中することにも納得していた。奥村は親切で公平でいい男だったから、女子だけでなくたいていの男子からも好かれていた。奥村の人気が気に入らない一部の男子は、奥村が誰かをふるたびに陰で奥村の恋愛対象は男なのだと言って喜んでいた。

しかしあれだけ異性から好意を寄せられるというのは、いったいどういう気分なのだろう。そして、誰とも交際したりしない奥村はいったい何を考えているのだろう。

少なくとも僕のクラスメイトの多くは男子も女子も恋愛のことに盛んな興味を持っていて、付き合うという言葉とその状態にかなりの憧《あこが》れを持っていた。でも僕はそういった話はあまり得意ではなかった。異性に対して興味がないわけではなかったけど、恋愛は自分には無縁のことだと思っていた。だから僕と奥村のあいだで恋愛のことが話題になることはなかった。奥村もその手の話を避けているように思えた。それはもしかしたら僕のことを気遣っているからかもしれないとも僕は思っていた。

だから、ある日唐突に奥村のほうから「人を好きになるってどういう感じ?」と言われたときには驚いた。それは奥村が二年生になって一か月と少しで、早くも二通目の手紙を下駄箱で見つけた日の翌日だった。

「佐野って、誰かを好きになったことある? クラスの女子とか」

僕は小学校四年生のときに席がとなりだった二木《ふたつぎ》さんという女の子のことを思い出した。「あるよ」と僕は答えた。

二木さんは目尻《めじり》の垂れたアライグマのような顔をしていた。おっとりしたしゃべり方の女の子だった。いつも薄い色の服を着ていた。僕が教科書を忘れてあたふたしていると何も言わずに机をくっつけて、笑顔で教科書をその真ん中に置き、いっしょに見よう、と言ってくれた。二木さんは口数が少なかったけど、それからというもの、学校でほんの少しだけ交わす会話に僕は胸を高鳴らせていた。席替えがあって二木さんと離れ、僕以外の男子と話をして笑っているところを見ると、とても寂しくなった。だから僕はたぶん、二木さんを好きだったのだろうと思う。

奥村は僕の二木さんについての話を終始むずかしい顔で聞いていた。

「アライグマ似のフタツギさん」と彼は言った。「その、好きってのがわからないんだよな。優しいな、とか、いい人だなってのはわかるんだけど。なんか、衝動みたいなのがあるの？」

「場合によってはあるんじゃないのかな、わかんないけど」

奥村は少し考え込むような顔をした。

「つまり奥村は、誰かのことを好きになったことがないってこと？」

奥村はうなずいた。

「もっと単純なレベルで、顔が好きとか、そういうふうに思うことはないの？」

「きれいな顔してるなとか、かわいい顔してるなとか思うことはあるけど、好きってのはないな」

「月島さんに告白されたとき、どきっとしなかったの？」

月島さんとは、となりのクラスの、学年で最も美人と言われている女子生徒だった。奥村は先月、彼女に手紙で好意を告げられて、その日のうちに彼女を呼び出して断りの返事をしたのだった。そのことは学年内でいつも以上に話題になった。

「……しなかったな」と奥村は言った。「これから先、卒業までに誰かに好きだと言われて、その子を好きになることが想像できないな」

「男が好きなわけじゃないよね」

「いまのところ好きだと思ったことはないぜ」あらゆる可能性を排除しない奥村らしい答え方を彼はした。

「思ったんだけどさ」と僕は言った。「奥村って賢すぎるし大人すぎるから、同じ年代の女の子が子供に見えちゃって全然魅力的だと思えないんじゃないの？」

それはもしかしたらある意味で奥村を傷つける言葉かもしれなかったが、しかし僕はそうだと思っていた。奥村にしたって、口にしないだけで自分でもそのくらいのことには気がついているのではないか。

「たとえば五つ年上の女の人だったら話も合うかもしれないし、奥村と釣り合いがとれそうだけど」

「五つ年上」と奥村は言った。「馬鹿言えよ。年齢の問題でもないんだ、たぶん」

奥村は眉間《みけん》にしわを寄せてむずかしい顔をしていた。シリアスなドラマのワンシーンのようだった。

じゃあ何の問題なのだろう。

賢くて自分を持っていて学年の半分くらいの女子生徒から好意を寄せられる人間が、恋愛のことで、むしろ恋愛が何なのかわからないということでこんなにも悩んでいるということがおかしかった。

放課後勉強クラブの活動は旺盛《おうせい》で、奥村はとてもよく勉強をした。

僕は勉強が好きではなかったし、奥村のような志も持っていなかったので、適当な本や漫画を読んで過ごすことが多かった。

僕たちの活動場所は図書館だったから読むものには困らなかった。奥村におすすめの本を訊《き》くと、彼の口から出てくるのはたいてい夏目漱石《なつめそうせき》や芥川龍之介《あくたがわりゅうのすけ》といった、国語の教科書に出てくるような昔の有名な作家たちの作品だった。たまに海外の小説も読んでいた。古い作家の作品を細かい字の薄い文庫で読むのを好んでいた。奥村は国語の勉強をしたいときに限って、高校の国語の教科書ではなく、そうした小説を読むことにしているようだった。むしろ人生の最高の教科書だぜ。彼はそれらの本を指して言った。でも僕はそういった昔の文学を読めるほど成熟していなかった。中学生でそんなものを読んで楽しめる人はとても少ないだろう。そもそも僕は小説を読むという習慣を持っていなかった。僕がそれまでに読んだことがあるのは、小学校低学年のときに『ズッコケ三人組』、高学年のときに『モモ』『ハリー・ポッター』、それくらいのものだった。

「佐野はたぶん小説とか読み始めたらはまるタイプだぜ」

「そうかな」

「そうだよ。本くらいちゃんと読んでおかないと脳味噌《みそ》が弛緩《しかん》して馬鹿になっちまうんだぜ」

奥村はそう言ったけど、僕はほとんど漫画ばかり読んでいた。図書館にはたいてい手塚治虫《てづかおさむ》の漫画があり、僕の愛読書は『ブラック・ジャック』だった。繰り返し飽きることなく僕はそれを読んだ。ブラック・ジャックはいつも自分のやり方でぶっきらぼうに誰かを救っていた。

奥村には僕と反対で漫画を読む習慣がなかった。ブラック・ジャックをすすめると、彼は高校の教科書を放り出して夢中になって読んだ。ふと見ると涙ぐんでいることがあって僕は驚いた。僕はブラック・ジャックが大好きだけど、読んで泣いたことはなかった。

「意外に涙もろいんだ」

「佐野のおかげでやりたいことが早くも明確になった」と奥村は言った。

「やっぱり医者？」

「医者っていうか、ブラック・ジャック」

「……奥村って天才だけど意外に単純だね。無免許の医者になりたいの？」

「いや、職業はとりあえずおいといて、俺は精神的にブラック・ジャックになりたい。あと俺は天才じゃない。天才は何かになりたいなんて言わない」

奥村は話をすればするほどおもしろかった。奥村みたいなしゃべり方をする中学生を僕はほかに知らなかった。

奥村は二歳年下の妹を溺愛《できあい》していて、その溺愛のしかたも中学生離れしていた。彼は放課後勉強クラブの活動がない日にはまっすぐ帰って妹に勉強を教えているようだった。

「晩飯の前に教えてやらないとすぐ眠くなるんだよ、あいつ」

「奥村の妹なら教えなくても超優秀なんじゃないの？」

「いやいや、なにしろ勉強が嫌いなんだ。うちは母親いないし父親も仕事でろくに家にいないから俺が見てやらないと宿題もまともにやらない」

母親、父親と言うときだけ、奥村は妙に嘲笑的《ちょうしょうてき》な力の抜けた目をした。

「奥村ってめちゃくちゃ妹のこと大事にしてるよね」

奥村は憤慨したように言った。「当たり前だろ。妹なんだから」

「どうするの、中三くらいになって家に誰か連れてきたりしたら」

「恋人ってことか？」

「そう」

「それは許せないな。ぼこぼこにして日本刀で真っ二つにして飛行機にくくりつけて北極と南極に右半身と左半身をそれぞれ捨てよう」奥村は真顔で言った。奥村は冗談を言うときには徹底的に過激な冗談を言う男だった。

「物騒だ」

「のこぎりでもいいか。もし妹を不幸にするようなことがあったら殺す」

「……それ父親のセリフじゃない？」

「半分くらい父親の気持ちなんだよ」

「一回り違うならわかるけど。だいたい奥村、僕たち何歳か知ってる？」

「何歳だっけ。十くらいまでは数えられたんだけどな」

「十四歳だよ」

「そうか。江戸時代だったらあと一年で立派な大人だ」と奥村は言った。

奥村みたいに精神年齢が高いと、きょうだいと二つしか年が離れていなくても、そういう現象が起きてしまうのかもしれないと僕は思った。

それから奥村は学校で定められたルールというものを平気で破る男だったから、ある意味すでに精神的にブラック・ジャックと言ってもいいかもしれなかった。

僕たちの中学では下校中に小売店などに寄って何かを買ったりすることは禁止されていた。でも奥村は西部図書館で勉強するときにはその二百メートルほど手前にあるコンビニにかなりの確率で立ち寄って、平気な顔でアイスを買って店の裏で食べた。僕は当初、奥村が規則を破ったりするタイプだとは思わなかったのでその行動に驚いた。

「頭を使うときには糖分をとったほうが断然効率がアップする」と奥村は言った。

「なんか、こっそり飴《あめ》でも持ってくればいいんじゃない？」

「アイスを食べると糖分も摂取できて頭も冷えて、相乗効果で作業効率が十倍になるんだぜ。でもアイスは朝、家から持ってきたら夕方にはわけのわからない温《ぬる》い液体になって食えたもんじゃない」

「だけど下校時の寄り道は禁止だよ」

「学校が禁止してるから寄り道はしないってのも立派な考え方だ」と奥村は言ってチョコとバニラアイスの詰まったモナカをかじった。パリパリと音がしてカスが地面に落ちた。

「いま、奥村に馬鹿にされたような気がする」

そしてそれは僕にとってとてもショックなことだった。

「馬鹿言うなよ。俺は佐野を尊敬こそしても馬鹿にしたりしたことはない。もちろんいまも馬鹿になんかしてない」

「尊敬？　奥村に尊敬されるようなことは一つもしてないけど」

「したよ」

「何を？」

「佐野は世界の敵に蹴りを入れた」と奥村は言った。「ルールを守るのも守らないのも、そこに自分の判断さえあればいい。判断というものを持たないで、周囲の人間やその場の感情や瞬間的な気持ちよさに流されて薄っぺらい言葉をしゃべったり、一貫しない行動を取るやつが世界の敵だ」

「世界の敵？」

なぜいま世界の敵が出てくるのだろうと僕は思った。それに僕が蹴りを入れたのは世界の敵ではなく藤井だ。

「世界の敵だ」と奥村はもう一度繰り返した。モナカのバニラアイスが溶けてコンクリートの地面にぽたぽたと垂れた。

「あのさ、いまって、学校帰りにコンビニで買い食いするかしないかって話をしてるんだよね」

「そう。コンビニで買い食いするかしないかって話だ」と奥村は言った。「俺に友達がいない理由がわかったろ。気づいたらわけのわからない話をしてることがあるんだ」

「奥村、クラスのほとんど全員と友達じゃん」

「違う。ほとんど全員と話はできるけど、友達じゃないんだ」

そう言われると否定することはできなかった。たしかに奥村は男女問わず誰とでも話をしたし、好かれてもいたけど、とくに仲の良い誰かがいるというのでもなかったから。

「でも俺は佐野とは友達だと思う」

「うん」と僕は言った。「僕は自分の判断で買い食いをしないことにしてるから、どうぞ溶けないうちにアイスを食べて」

奥村はにやっと笑って溶けかけたモナカを勢いよくかじった。

＊

六月の雨の日に転校生がやってきた。最初の自己紹介を放棄してクラス全体、とくに女子を敵に回した野良猫《のら》のような目をした女の子。名字は沖田で名前はまどかだった。ひらがなでまどか。彼女の席は僕のとなりで、いつもノートに何かを書いていた。転校二日目には女子に靴を隠されて、平気な顔で靴下のまま教室にやってきた。となりの席にいながら、二時間目が終わるまで僕はそのことに気がつかなかった。気がついたあとも声をかけることはできなかった。彼女は誰にもしゃべりかけてほしくなさそうだった。そのうちに教師が来客用の緑色のスリッパを持ってきた。

このとき奥村は三日ほど連続で学校を欠席していて、だから彼はまだ転校生に会っていなかった。

季節は梅雨で連日雨が降っていた。奥村は偏頭痛持ちで、雨の日にはよく学校を休んだ。晴れだと思って登校してきて、昼間から強い雨が降ったときは如実に口数が少なくなった。意識が遠くに行っているようなぼうっとした顔をして目が据わったような感じになり、早退することもあった。とても辛《つら》そうだったけど、偏頭痛持ちという弱点すら天才らしいなどと僕は思っていた。

そしてその奥村だったら彼女に何かしらの声かけをして天才的な方法で心を開かせてしまうのではないか、などとも僕は考えていた。

沖田が僕たちのクラスにやってきて四日目にようやく奥村は学校に来た。唐突な感じのする晴れの日だった。

僕が朝のホームルーム十分前に教室へ行って自分の席に座っていると、少し遅れて奥村がやってきた。久しぶり、と僕は言った。

「転校生、佐野のとなりになったのか」

それまで空白になっていた僕のとなりに椅子と机が置かれているのを見て奥村が言った。

「そう。沖田さん」

「仲良くなった？」

「いや、まだ一言も話してないよ」

「一言も？　なんだよそれ」

「話しかけたら引っかかれそうな気配があるから」

「転校生って人間なんだよな？」と奥村は言った。

僕は沖田の自己紹介のときの様子を奥村に話した。それから、二日目には靴下のまま教室に現れ、すでに女子たちからは歓迎されていない様子も。へえ、と奥村は言った。

しばらくして沖田が登校してきた。この日はちゃんと上履きを履いていた。彼女は常に自分の一メートル半先に何かがあるみたいに斜め下に視線を固定して歩き、自分の席、つまり僕のとなりの席までやってきて、鞄《かばん》を机の上に置いた。

「おはよう」と奥村が言って、彼が沖田に声をかけた最初のクラスメイトになった。でも沖田はそれが自分に向けられたものだと気づいていないのか、気づいていながら無視しているのか、まったく反応しなかった。彼女は鞄の中の荷物を黙々と机の中に入れて着席した。

「沖田さん」と奥村は言った。「おはよう。奥村っていうんだ」

それでようやく沖田は顔を上げた。目尻がやや上を向いているのと、上唇が少しだけ尖《とが》っているのが特徴的だった。白い首はとても細くて、しかし頬には中学生らしい丸みがあった。彼女の表情には人間をおそれる野良猫のような趣があった。

二人の目が合っていたのは二秒くらいで、沖田のほうがすぐに興味を失ったみたいに視線を外した。そのときの目線や首の動きも猫を思わせた。でもその前に、ほんのちょっとだけ、申し訳程度のうなずきのような動作を入れたようにも見えた。沖田なりに挨拶《あいさつ》をしたつもりだったのかもしれない。奥村はなぜかわからないけどしばらく固まっていた。体のどこかが急に痛んで、その痛みがどういう種類の痛みなのかを自分の中で検分しているときみたいな固まりかただった。

すぐあとにチャイムが鳴り、奥村は自分の席に戻っていった。

この日、奥村は授業と授業の合間や昼休みに何度か沖田に話しかけていたけど、沖田のほうにはやはり積極的なコミュニケーションの意思がないらしかった。沖田は質問に答えはするけど二人のあいだで連続した会話が成立するのを見ることはできなかった。転校する前に部活はやっていたのかと奥村が訊けば沖田は首を横に振ったし、誕生日はいつか、と訊けば「三月」とだけ答えて、奥村が日にちも聞きたがるとそれには答えずに不意に黙り込んだりした。会話のキャッチボールはろくに続かず、たいてい奥村が一方的に話していた。

何日かそういう日が続いた。さすがの奥村でも天才的な方法で孤立する転校生の心をすぐに開かせるなんていうことはできなかった。話しかけただけで歯を剝《む》きだして爪で引っかいたりすることはないのだと知ることができたので、それだけでも奥村の功績は大きかった。

僕は沖田のとなりに座っていたから、沖田について奥村の知らないことも知っていた。それは沖田が授業中に広げているノートだった。彼女はいつもノートを広げて細かい字で何かを書いていた。ただ僕が知っているのは彼女が何か文章を書いているということだけで、それが何なのかは知らなかった。

それから僕は、たまに下校時に沖田を見かけていた。それは田川《たがわ》という川の川べりだった。放課後勉強クラブの活動がないときは四時半くらいにそこを通るのだけど、沖田はいつも道路から川原へ下りていく途中の階段の真ん中より少し下あたりに座っていた。その背中を僕はいつも見ていた。

沖田がやってきて一か月ほどが経過し、学校でほとんどずっととなりにいる僕は、沖田と必要最低限の会話のようなものくらいは交わせるようになっていた。僕が教科書を忘れたことがあり、授業が始まってしばらく机の中をごそごそと漁《あさ》っていると、沖田は何も言わずに机をくっつけて真ん中に教科書を置いてくれた。二木さんのことを思い出しながら、ありがとう、と言うと、沖田は黙ってうなずいた。もちろんそれで沖田に恋をしたりはしなかったけど。

奥村は休み時間、沖田に懲りずに話しかけ続けていて、早い段階で放課後勉強クラブに入らないかと持ち掛けてもいた。

「学校でいちばん意欲的に活動している部活で、部員が二人しかいないんだ。いまなら第二副部長になれる」

しかし沖田は入らないと言った。奥村は毎日しつこく勧誘しつづけていた。その勧誘のしかたは奥村にしては引き際を見失っているというか、少し冷静さを欠いているように見えた。だから僕は、もしかしたら奥村は沖田に一目ぼれをしたのではないかと考えたことがあった。でもそれは確率としてはあまり高くないように思えた。沖田は突出した美人などではなかったし、そもそも奥村は学年でいちばん美人と言われる人からの告白を断って、「人を好きになるってどういう感じ？」と僕に訊ねてきた男なのだ。

奥村の沖田への過剰な働きかけはおそらく彼の強すぎる正義感によるものだった。転校してきてクラスになじめないでいる沖田を奥村は放っておけないのだろう。考えてみれば僕が放課後勉強クラブに誘われたときも、翌日から学校に行くことをやめようと考えていたときだった。そして僕は奥村に声をかけられたことで救われたのだった。

でも沖田の場合はちょっと事情が違っていて、それは沖田が女子生徒だということだった。沖田はただでさえクラスの女子生徒を敵に回していたのに、奥村に気にかけられていることでよりそれに拍車がかかっていた。奥村は自分の正義感がマイナスに働いていることに気がついていなかった。奥村のような賢い男がどうしてそれに気がつかないのか、僕はそれが不思議だった。

父親は前科三犯の犯罪者でいまは刑務所におり、母親は金持ちの資産家の愛人をつとめている。一か月に満たない夏休み（松本の小中学校の夏休みはとても短かった）を挟んで二学期が始まった頃には沖田の両親に関してそうした架空のプロフィールが噂として出回り、沖田本人は小遣いをもらって父親ぐらい年の離れた男と付き合っている援交少女になっていた。噂に根拠など不要で、誰かが言い出して二人か三人が賛同すればそれはあっという間に事実になった。

そんな悪質な噂を流されながら、しかしクラスの女子は直接的な嫌がらせは封印していた。それはたぶん奥村に軽蔑《けいべつ》されることをおそれてのことだった。いくら沖田が気に入らなくても、わかりやすい嫌がらせをして奥村に嫌われることは彼女たちの望むところではなかった。

秋になっても僕は週に何度か沖田を田川の川べりで見かけていた。華奢《きゃしゃ》な背中はいつも微動だにせず川原へ続く階段にあった。

僕はこの川が好きだった。夏にはアレチウリや、大人も頭まですっぽりと覆い隠すくらい背の高いススキが巨人の体毛のように川原に茂り、コンクリートの隙間からはネコジャラシが猫のひげのように生えた。緑に溢《あふ》れた岸のあいだを水がさらさらと流れていた。子供の頃からずっと、遠くにある山よりはすぐ近くにある川を見て歩いていた。川の水は山と違って絶えず動き続けていた。その流れはなぜかいつも僕を安心させた。沖田はどんな顔をしてこの川を眺めているのだろう、といつも僕は思っていた。

十月の初旬のあるとき、いつものように沖田の背中を目にしながらそこを通過しようとして、目に見えない透明な何かにつかまれたように足が止まった。

「沖田」僕は川原へ続く階段にある背中に向かって声をかけていた。沖田の名前を呼んだのは初めてだった。僕は沖田に何か用があるときは、いつも、「あの」とか「えっとさ」とか言っていた。彼女の名前を口に出してから、僕はずっと彼女にこの川原で声をかけたかったのだと気がついた。目に見えない透明な何かは僕の意志と沖田に対する興味だった。

沖田は振り向き、僕を五秒くらい見て、また川のほうへ視線を戻した。その仕草はやはり猫を思わせた。心臓の鼓動が少し速くなった。僕は階段を下りて沖田が腰を下ろしているのと同じ段に立った。沖田は不思議そうに僕を見上げていた。

「座ってもいい？」

沖田はうなずいた。教科書を見せてくれて、僕がありがとうと言ったときに見せたうなずきと同じうなずきかただった。

「ノート、なに書いてるの？」これもずっと訊きたかったのだと口に出してから僕は思った。

「悪い大人の首をはねてる」

「首をはねてる？」

「世界には悪い大人がたくさんいる」

「ノートの中で悪い大人を倒してるってこと？」

沖田はうなずいた。

「それって物語みたいなもの？」

沖田はまたうなずいた。

質問とうなずきを何度か繰り返して、沖田のノートに何が書かれているのかを僕はなんとか把握することができた。

彼女がノートに改行もない横書きで書いているのは、十四歳の女の子が旅をしながら隠し持ったナイフで悪い大人たちを次々に倒すという冒険活劇のようなものだった。

「女の子の旅の目的は何なの？」

「……目的？」

「西遊記だったら天竺《てんじく》から経典を持ち帰るみたいな。そういうの」

「そんなのないよ。ただ旅して、たまたま出会った悪い大人たちの首をはねるだけ」

「悪い大人たちって？」

沖田はそれには答えなかった。階段に落ちていた小石を一つ拾って川に投げた。

「ナイフだと首をはねられなそうだけど」と僕は言った。

沖田は少し目を丸くして、「考えたことなかった」と言った。「次の話から武器を変える」

沖田が意外と抜けていることを知って少し笑いそうになりながら、「いつもここにいるけど、そろそろ寒くなってこない？」と僕は訊ねた。

「寒い」と沖田は短く答えてせきをした。「この町は空気が乾燥してる」

「セーター着ないの？」

秋になると制服の下に各自の判断で自前のセーターを着ることを許されていた。でも沖田はセーターを着ていなかった。「着ない」と沖田が言ったので、僕は何も言わなかった。

この日から僕は放課後勉強クラブの活動がない日には沖田とこの場所でたまに話をするようになった。沖田は教室でとなり同士の席に座っているときより、川原にいるときのほうがずっと積極的に話をしてくれた。僕は沖田が転校してきた当初、もしかしたら彼女は一度に二つか三つの単語しか話せないのではないのかと思っていたから驚いた。教室を離れた場所だからこんなふうに話すことができるのかもしれないという気がしていた。そして僕は川原で沖田に関していくつかのことを知ることができた。

沖田の生まれたところは静岡で、彼女はいままでにいくつかの県を転々としてきた。沖田の母親は未婚の母で父親はおらず、松本は沖田の母親の実家がある町だった。母親は主に水商売で沖田を育ててきたが職場も暮らす町も定まらない人で、だから沖田は母親の気まぐれに合わせて何度も学校を変わらなければいけなかった。今年になってからついに母親は地元に戻ることを決めた。だから沖田は僕たちの学校に転校してきた。

「お母さんの実家に住んでるの？」

「うん」と沖田は言った。

「お母さんの両親も一緒ってこと？」

「おじいちゃんとおばあちゃんは二人とも病気で死んじゃって空き家になったから、いまはそこに二人で住んでる」

頭上の川沿いの道路を車が通過していった。

「前にもそこに住んでたことあるの？」

「ないよ。初めて来た。私はおじいちゃんとおばあちゃんに会ったことない。お母さん仲悪かったみたいだから」

つまり沖田の母親の実家が空き家になってからこちらに越してきた、ということのようだった。

「僕も母親と二人暮らし。父さんが去年自殺したから」

僕は、父親が自殺をしたことを人に話すのは初めてだった。担任はクラスメイトに僕の父親の死因を急死とだけ伝えていて、だからクラスメイトは心筋梗塞《こうそく》とか脳卒中とか、そうした突然の病気のようなもので僕が父を亡くしたと思っているはずだった。もちろん急死という言葉から自殺の可能性を考える人もいただろうけど、そんなことを僕にたしかめてくる人はいなかった。

「そう」と沖田は言って顔を上げ、遠くを見るような仕草をした。「それにしても山ばっかり」

松本は三百六十度周囲を山に囲まれていた。僕は小学校に上がる少し前まで、この町から外に出ていくことはできないのではないかと思っていた。外に出たくても山に阻まれてどこにも行けないのではないかと。父さんは人のために走り回ってばかりいたので、休日に車や電車でどこか町の外に連れていってもらったことがなかった。

「ここに竜が現れて火を吹いたら」唐突に沖田は言った。「逃げ場がなくて、みんな焼け死ぬ」

「そんな死に方はやだな」

「小学生の頃、そういう漫画を読んだことがある。山に囲まれた町に竜が来て火を吹くと逃げ場がなくてみんな死ぬしかないから、そこに住んでる人は竜をおそれてる」

「それで、竜は来るの？」

「来る」と沖田は言った。

「どうするの。絶体絶命じゃん」

「忘れちゃったけど、いろいろあってたしかハッピーエンド」そしてまた沖田は階段の小石を拾って川に投げ込み、今度は対岸にある民家の庭から突き出た巨大な欅《けやき》の木を指した。「あれ森みたい」

たしかにその欅の木の枝葉は空中で大きな半円形に膨らんで、宙に浮かぶ小さな森のようだった。

川原にいるときの沖田は思いつくことを適当にしゃべる普通の女の子になった。

そしてその時間は僕にとって、奥村と話すのと同じくらい楽しい時間だった。

僕は川原で沖田と話をしているということを奥村に言っていなかった。報告の義務があるわけではないけど秘密にしているみたいで、なんとなくそれは悪いことのように思えた。でも町に竜がやってきて火を吹く漫画の話をする沖田を知っているのは僕だけだという優越感のようなものもないわけではなかった。僕が奥村より優れているところなんて他にはひとつもないのだから、それはしかたのないことだった。

奥村は沖田が教室に少しでもなじむようにという思いから毎日彼女に挨拶したし、話しかけたし、放課後勉強クラブに勧誘してもいた。しかし沖田は教室ではろくにしゃべらなかったし、放課後勉強クラブへの誘いは断っていた。

となりの席で見ている限り沖田の成績はあまりよくないようだった。授業中に悪い大人の首を隠し持ったナイフではねる話をノートにしたためているからというのもあるかもしれないが、むしろ授業の内容がわからないから暇をつぶすためにそんなことをしているのではないかと僕は思っていた。

だからある日、帰り際に、余計なお世話かもしれないけど、単純な親切心から一度だけ、図書館で勉強していかないかと僕から提案してみたことがあった。僕や奥村が少し勉強を教えればたぶん沖田はすべての教科でもう十五点ずつくらいは点が取れるようになるのではないかと僕は思っていた。あらゆる可能性を排除しない、という奥村の政治家みたいな言葉を僕は思い出してもいた。そこまでおおげさなことじゃなくても、高校に進学するならもう少し勉強ができたほうがよさそうだった。

「いいよ」沖田は意外にもそう言った。

僕のとなりにいた奥村は驚いていた。奥村の誘いは断っていたのに、僕の誘いには乗ってくれたことを奥村はどう思っているのだろうということが少し気になった。でも奥村がうれしそうな顔をしていたので僕は安心した。

その日、僕たちは初めて西部図書館に三人で行った。沖田は意外にも奥村におとなしく数学を教えられていた。まさに借りてきた猫という感じだった。

奥村は思ったとおり人にものを教えるのもうまかった。沖田は借りてきた猫のようではあったけれど、わからないところはわからないと言った。奥村がその「わからない」を簡潔な説明で次々に解きほぐしていった。なんてわかりやすい説明だろうと僕は思った。となりのクラスの担任を務める四十前半の怒ると声が高くなる数学教師よりも断然奥村のほうが教師に向いていた。沖田に勉強を教えているときの奥村はとても楽しそうだった。一時間ほど奥村の個人授業を受け、沖田は疲れたと言い、漫画を読み始めた。

「沖田さん、よければまた勉強しよう」と奥村は解散するとき言った。

沖田は奥村ではなく僕のほうを一瞬だけ見て、それから視線を下に落とし、少しだけ首を縦に振った。

こうして中二の十一月、沖田はやっと放課後勉強クラブの第二副部長になった。

「やっと部員が増えた」と僕は言った。「僕が入部したのはだいたい一年前だったから、一年に一人、部員が増えるみたいだ」

「ってことは来年のいまごろにも一人増えるかもな」

「でもそれけっこう卒業間近だよ」

「後輩の可能性もある」と奥村は言った。

沖田は週に一回か二回、僕たちと一緒に勉強した。僕がやっていかない？　と誘うと来てくれることが多かった。それぞれがそれぞれに勉強をしたり本を読んだり漫画を読んだりするのが基本だったが、沖田がつまずいているときは奥村がいつも見てあげていた。そういうときの奥村は沖田の同級生ではなく保護者のように見えた。でも沖田のほうはあまり奥村に心を開いているようには見えなかった。

放課後勉強クラブの活動のかいあって、二学期の期末試験で沖田は中間試験よりもかなりいい点数を取ることができたようだった。奥村はうれしそうだった。そして沖田が間違えた問題についてさっそく解説していた。奥村が沖田に対するときの目には意志や強さの代わりに守るべきものに対する慈愛のようなあたたかさが浮かんでいて、やはり保護者のようだと僕は思った。でもその目に僕はなんとなく引っ掛かるものを感じていた。むしろ沖田が転校してきてからの奥村の様子には、ずっと引っ掛かるものがあった。

三学期が終わり、春休みも終わり、僕たちが三年生になるのと同時に新一年生が入学してきて、僕はその引っ掛かりの正体を知ることになった。

市川

七月末に前期末試験があった。僕はテストを二つ受けてレポートを二つ出し、合計八単位を取得した。

広崎と吉岡は僕の三倍ほどの単位を取得し、夏休みに突入して少しするとそれぞれに実家に帰っていった。

松本にひとり取り残された僕は広崎の家の近くにある自動車の教習所に通った。マニュアル免許取得のコースで申し込み、初回の講習が終わったその足で受付に行ってオートマチックに変えてもらった。親切な教官と意地悪な教官とその中間くらいの教官ととても意地悪な教官が三対三対三対一の比率でいた。とても意地悪な教官に当たるとしばらく車に乗りたくなくなったが、一週間ほど休んでせっせとまた通った。意地悪な教官やとても意地悪な教官はもともとの性格が人より意地悪なのか、それともああした狭い空間に自分より立場の弱い人間と二人で閉じ込められることによって人間が本来持っているけれど普段は抑え込んでいる意地悪性が表面に出てきてしまうのを抑える力が弱い人間だからそうなってしまうのか、どちらなのだろうか。きっとそのどちらもだろう。そんなことを考えながら場内のコースを回っていたので、僕はよくミスをして怒られた。早い段階で自分があまり車の運転には向いていないことを僕は知った。

自動車の免許取得の合間を縫って深夜の小売店の在庫カウントのアルバイトもした。

夜の七時頃に事務所に集合して車で県内のホームセンターに連れていかれ、そこで品物の数を数えたり陳列をしたりする仕事だった。初回は梓川《あずさがわ》という町にあるホームセンターだった。松本から車で三十分ほどのところにある町だ。十人のチームで、二台の車に五人ずつ乗り、社員が運転をした。ハンドルを握った二人以外はアルバイトだった。全員二十代から三十代で、女の人が二人だけいた。車の中は静かで殺伐としていた。

ホームセンターにつくと夜の八時から朝の五時まで二度ほどの休憩をはさんで品物の点数をチェックして専用の機械に打ち込み、それらをきれいに陳列した。

品物の種類は実に様々だった。食料品や衣料品や生活用品や庭の手入れ用品や工具や雑貨など。二十代後半のアルバイトの男が僕の指導にあたった。彼は僕に対しては不愛想だったが、休憩時間に店のバックヤードの椅子に座って缶コーヒーを飲んでいるときには、おそらくバイト歴が長いのだろうと思われる三人と楽しそうにしゃべっていた。それぞれ金髪と長髪と坊主頭で、みな一様にどんよりした目とだらしない口元をしていた。そして煙草を吸った。

僕はバイト中、終始気分がすぐれず、袋入りの煎餅《せんべい》の数を数えているときに何度かそれを靴で踏みつけて粉砕したくなった。たぶん深夜のホームセンターにこもって何時間も品物の数を数えるという行為は人の気持ちを自然にざらつかせ攻撃的にさせるのだろう。

その日は松本の事務所に帰ったのが朝の六時前で、体はくたくたにくたびれていた。でもそれはまだいいほうだった。夕方の六時に出発して名古屋《なごや》まで行き、名古屋のホームセンターで作業をして朝の十時に帰ってくることもあった。なぜ松本にいる人間が名古屋のホームセンターにあるろうそくや靴下やビスケットや紙オムツや竹ぼうきの点数を徹夜で数えなければいけないのか僕にはわからなかった。

このアルバイトのせいで生活リズムが安定せず慢性的な睡眠不足になり、僕の夏休みはあまり人間的な生活とは呼べなかった。でも時給の高さと、どうせ夏休みのあいだだけだという思いでなんとか二か月続けた。夏休み前は大学の図書館のソファで寝てばかりいたので、睡眠の削減と期間限定のストレスが必要な気もしていた。

九月初旬に、増え続ける銀行口座の預金（僕は無駄遣いというものをほとんどしなかった）を少しくらい減らしてもいいかと思い、自動車の教習もアルバイトもない日に一万円札を二枚引き出して出かけた。金を稼ぐことができるのはわかったので、金を使う能力が自分にあるのかを知りたかったのだ。二万円くらいならその気になればすぐに消滅させられるだろうと思っていた。

僕はまず古本屋に行った。漫画を何冊か立ち読みしただけで満足してしまい、一冊も買わずに店を出た。小説の文庫本も一冊百円で多く売られていたがそちらは立ち読みすらしなかった。夏の暑い日に活字の羅列を追うなどという面倒なことをしたいとは思わなかった。

店を出てすぐわきにある自販機でスポーツドリンクを買って飲んでいる最中に、スニーカーがひどく汚れていることに気づいた。高校時代から長いこと履いているものだった。近くに大型の靴屋があったので立ち寄ったが、店内に陳列された真新しいスニーカーの清潔な輝きに意気を削《そ》がれ、すぐに店を出た。おろしたての硬く清潔なスニーカーを買って履くような気分ではなかった。だけどよく考えればおろしたての硬く清潔なスニーカーを履きたい気分になったことなどいままでに一度もなかった。代わりに黒い鼻緒の雪駄《せった》を千八百円で買った。プラスチックとゴムの合板でできた安っぽいものだった。それから道の反対側にあるマクドナルドでハンバーガーとポテトを食べてアイスコーヒーを飲んだ。そして僕は一万円札を一枚と五千円札を一枚と千円札を二枚といくらかの小銭と安物の雪駄とジャンクフードがもたらす脂っぽい満腹感を家に持ち帰った。翌日、家からいちばん近いコンビニに設置された何かの募金箱にその金をすべて入れた。店員は不思議そうな顔をして僕を見た。

九月の後半に広崎と吉岡が帰省を終えて戻ってきた。

残り少ない夏休みを惜しむ会と称して僕たちは広崎の部屋で夕方から酒盛りをした。広崎が『消費税』を歌ってくれた。となりの部屋には信大生ではなくて会社員の若い女性が住んでいた。僕は一度外階段で会ったことがあった。幸いにも「ちょっとくらいなら騒いだって気にしないよ、私も学生の頃はよく友達呼んで騒いだし」というタイプの人だった。広崎がごく小さな音でギターを弾き、ごく小さな声で歌い、僕と吉岡がごく小さな音で拍手をしても怒鳴り込まれることはなかった。

そして九月が終わり、後期の授業が開講した。徐々に乾き始めた空気からはすでに夏の気配は消え去っていた。

僕はやはり前期と同様に多くの時間を図書館のソファにささげた。ソファの上で過ごす時間のうちのほとんどを占めるのは読書や物思いではなく睡眠だった。
僕はいつも靴を脱いでソファに体を横たえ、壁のほうを向いて右耳を下にして寝た。図書館にはいくつかの場所に盗難注意の張り紙がされていたので、寝るときには必ず財布だけリュックから出して胸に抱えていた。財布以外に盗まれて困るようなものは一つも持ち歩いていなかった。詰めればおそらく四人ほどが座れるソファを一人で占領して睡眠に使っても、誰かにそれをとがめられたことはなかった。

十月が終わるころには昼間でも厚手のシャツの上に毛糸のカーディガンを羽織らなければいけないくらい町は冷え込んできた。木々の葉が赤や黄に色づき、街が白っぽくかすんでいた。かすれた筆で描かれた物寂しい風景画の中に放り込まれたような気分になる季節だった。夏ほどではないけれど昼間の日差しだけはいつまでも明るく地上を照らしていて、世界がどこかちぐはぐに見えた。

大学生活は毎日が同じことの繰り返しだった。とくにソファで過ごしていると、昨日の次に今日が来ているのか、今日の次に昨日が来ているのかわからなくなることがあった。誰かにある一日とある一日の違いを述べろと言われたら即答できる自信がなかった。しかし高校時代を思い返してみてもおおむね同じようなもので、それは総じて人生そのものに対しても同様のことが言えるのかもしれなかった。そのような日々が死ぬまで続いていくのだということを考えると目の前が真っ暗になるような気がした。でも死ぬまでとはなんだろう？　人間が死ぬということについてよく考えたが、いつも途中で意味のないことだと思いやめた。

小豆《あずき》色のソファの上で、僕はたまに『消費税』を頭の中で口ずさんだ。広崎はこの数か月でギターと自分の最初の音楽を獲得した。それは広崎の武器だ。ついでに言えば彼は僕の三倍の単位も獲得していた。一方僕がこの数か月で獲得したのはこの古いソファでの上手な寝方だけだった。僕は、自分がこの先、何かになるということが想像できなかった。ものすごく遠いところから誰かにボールをぶつけられ何かを削ぎ取られているような感覚だけがずっとあった。だけどその感覚を他人にわかるように説明できる術《すべ》を僕は持っていなかったし、説明すべき人もいなかった。わざわざ大学にまで進学してろくに授業も受けず自分なりの武器を獲得する努力もせず寝てばかりいる僕はこの大学で最もみっともない男かもしれなかった。でもどうにかしようとは思わなかった。

たまに僕より先にソファに人がいることがあった。僕はそのソファをもはや自分の持ち物のように思っていたので、そういうときは少しばかり腹を立てないわけにはいかなかった。おまえはいったい誰の許可を得てそこに座ってるんだよ。そのソファを誰のものだと思ってるんだ。でもそのソファはまぎれもなく大学の所有物で、だからすべての信大生に平等に座る権利があった。

僕に無断でそのソファを利用されても僕が腹を立てない相手が一人だけいて、それは吉岡だった。吉岡は夏休み明けからたまに僕の真似をしてそのソファを活用するようになった。僕がいつものようにそこに横になって寝ていて、目を覚ますととなりのソファに座っていることもあった。

ある日の午後、気まぐれでソファの斜め前にある日本の小説の本棚から適当な一冊（本当に適当に選んだ一冊だった）を引っ張り出して読んでいると吉岡がやってきてとなりに座った。

「めずらしいね、本読んでるなんて」

吉岡は装飾のない茶色い長袖のシャツのボタンを一番上までとめて着て、黒いズボンに白いスニーカーを履いていた。ピアスを別にすれば図書館にマッチした、むしろ図書館職員みたいな恰《かっ》好《こう》だった。

「何読んでるの？」

「病弱で性格の悪いエキセントリックな女の子の出てくる本」

僕は本の表紙を見せた。僕が読んでいるのは、海辺の旅館を舞台にした、病弱で性格の悪いエキセントリックな女の子が出てくる本だった。

「病弱で性格の悪いエキセントリックな美しい女の子でしょ」と吉岡は言った。たしかにその小説において、その女の子が美しい女の子であるという設定は重要だった。

「吉岡この本知ってるの？」

「私の友達が好きな本だった。私も大好きだけど」

「友達？」

「中学時代の」と吉岡は言った。「パンクの子だった」

「パンクの子？」

「そう。ビョウツキのアクセサリーとかしてた」

「ビョウツキ？」

「オウムになったの？」と吉岡は言った。「トゲトゲのアクセサリーね」

「ああ、鋲つき。なんだかこわい友達だな」

「トゲトゲだったし、爪は黒く塗ってたし、たまに目の下とかも黒くしてた」

「……中学時代の友達なんだよね？」

「だってパンクの子だもん。中学生だろうが小学生だろうがトゲトゲは欠かせないよ」

「そういうもんなの？」

「そう。ちょっと散歩でもしませんか」吉岡はなぜか敬語で言った。「ちょっと寒いですけど」

「いいですよ」と僕は言った。「たしか夏休み前にもしましたよね」

僕は病弱で性格の悪いエキセントリックな美しい女の子が出てくる本を棚に戻した。

「借りなくていいの？」

「二周目だから」

僕はその本を二時間ほどで読み終え、なぜだかとても気に入ったのでそのままもう一度読み直そうとしていたところだった。

「ミステリーでもないのに直後にもう一回読む人なんてそんなにいないよ」

「そうかな」

「そうだよ。そういう本てだいたい帯に書いてあるよ。『最後の一ページを読んだとき、あなたはこの物語をもう一度最初から読み直したくなる』」格言のように吉岡は言った。

僕たちは図書館を出た。西門から外に出て坂を下る方向へ歩き始めた。

「今日広崎が駅前のライブハウスに出るんだけど」

「そうなの？　ちょうどよかった。適当にふらふらしてそれ見に行こう」

広崎が出演するイベントは夜の七時からで、それまでには四時間近くあった。

僕たちはひたすらに駅の方向へ坂を下って行った。信大病院の横を通過し、横断歩道を渡った。交番があり警察官が立っていた。小学校のグラウンドで体操服を着た小学生が整列していた。

背の低い建物に両側を挟まれた道路は細く、そのわりに車の往来が激しくて歩きにくかった。一定の間隔で立つ電柱から道路の上空を横切るように延びる電線が、うんていのように細かく空を切り取っていた。民家やマンションや学習塾や酒屋に紛れるみたいにしてたまにある空き家らしき木造の建物や古い蔵造りの商店は、壁が黒ずんでいまにも倒壊しそうに見えた。

「パンクの子とはいまも親交があるの？」

「もう連絡とってないよ。アサミちゃん何してるかな」と吉岡は言った。

「……聞いた感じ相当変わってそうだけど、どんな子？」

吉岡はパンクの子であるところのアサミちゃんについて話してくれた。

吉岡がアサミちゃんに出会ったのは中学一年のときで、アサミちゃんはクラスでは完璧《かんぺき》に浮いていた。なぜかというと彼女は黒い革に鋲《びょう》のついた首輪や腕輪をセーラー服に合わせて登校してくる女の子だったからだ。爪も黒かった。服に安全ピンをつけていたし、たまに髪の毛をウニみたいに固めてきた。吉岡は最初、アサミちゃんをおそれていた。吉岡がそれまでの十二年の人生で培った常識感覚からすれば、中学校に鋲つきのアクセサリーをして爪も黒くして尖《とが》った頭で登校してくることは明らかにおかしかった。そして吉岡の常識感覚は世間一般のそれとおおむね一致していたから、とにかくアサミちゃんは浮くべくして浮いた。

「不良とかもいない田舎の普通の中学だったからね。あの浮きっぷりはすごかったよ。『浮く』って言葉を考えた人は天才だと思う。教室で、みんな着席してて、ほんとに、アサミちゃんだけぷかーって宙に浮かんで見えるんだもん。天井にウニ頭がささるんじゃないかってくらい。『浮く』ってひいてアサミちゃんの写真が載ってる辞書があったら絶対買うってくらいお手本的な浮きかた。誰も彼女に近寄らないし、話しかけない」

　吉岡はアサミちゃんの浮きっぷりについてとても丁寧に説明してくれた。

「もちろん先生は彼女の恰好について何度も注意して、入学早々、生徒指導室で面談みたいなこともさせられてたけど、アサミちゃん、全然直さないから、先生も呆《あき》れてそのうち何も言わなくなった」

　そんなアサミちゃんと吉岡が仲良くなったきっかけは歯磨き粉だった。

「給食のあと、昼休みにみんな歯磨きするでしょ。三十人がみんなうろうろしたり話したりしながら歯磨きするから、たまに歯磨き粉が床に垂れてることがあるんだよね。でもそんなの誰が垂らしたかわからないし、誰かに踏まれて引き伸ばされたりしてても、『うわ、歯磨き粉落ちてる、汚《きたな》っ』みたいな感じなの、みんな。どうせそのあとすぐ掃除の時間だから、教室の掃除の人が雑《ぞう》巾《きん》で拭《ふ》くことになるし、放置。私だってそうしてた。でもあるときアサミちゃんを観察してて気づいたんだけど、彼女、歯磨き粉に気づいたらスカートのポケットからそっとティッシュ取り出して、さっとかがんで拭いてるの。歯磨き粉だけじゃなくて、給食のあとって何かしら汁物の具のたまねぎとか落ちてたり、それ以外にもゴミとか落ちてるんだけど、見つけるとすごく普通に片づけてたんだよね。アサミちゃんのそんな行動、気づいてるの私だけかもしれないんだけど。とにかくそれでアサミちゃんのことがものすごく気になるようになっちゃって、まるで恋したみたいな感じだった。それで話しかけて、友達になった。私はテニス部に入ってたんだけど、部活の仲間とかクラスの子からは、あんな子と付き合うのやめなよとか言われたりしたな」

吉岡はアサミちゃんからたくさんのCDを借りて、それを毎日のように聴いた。本や漫画も借りて読んだ。

「さっき市川が読んでた本に出てきた女の子みたいになりたいってアサミちゃんいつも言ってた」

「病弱で性格の悪いエキセントリックな女の子?」

「病弱で性格の悪いエキセントリックな美しい女の子」と吉岡は訂正した。「でもアサミちゃん体は丈夫だったし性格もすごくよかった。優しいから一緒にいて嫌な気持ちになったこと一回もない」

一年の一学期も終盤に差し掛かった七月の頭に、アサミちゃんはいきなりエレキギターと小さなアンプをかついで学校にやってきた。軽音楽部を立ち上げようと思って、とアサミちゃんは言った。吉岡の中学に軽音楽部はなかった。

「唐突な人なんだね」

「そう。でもたまねぎを見つけたら拾うし、歯磨き粉もさっと拭く」

「それで、アサミちゃんは軽音楽部を立ち上げることはできたんだろうか」

「うん」と吉岡は言った。「トゲトゲをやめさせることができなかったのと同じように、結局、先生——っていうか学校が折れて、夏休み明けには軽音楽部が設立された。放課後は多目的室が空き部屋になってたから、そこが練習場になって」

「アサミちゃんはそこで一人でギターを弾いてたってこと?」

「ちゃんと話聞いてた? 私がいるでしょ」

「え、さっきテニス部って」

「やめてアサミちゃんとバンドをすることにしたの」

吉岡は夏休みが明けてすぐにテニス部に退部届を出して、アサミちゃんとバンド活動を始めた。

「中学生くらいの女の子にとって何より大事なのって友達と同じ筆箱を使ったり同じキーホルダーをカバンからぶら下げたり同じテレビ番組を見たり同じ漫画を読んだり同じアイドルを好きになったりすることなの。笑えるんだけど、それにしがみつかなきゃ生きていけなかったりする。でもアサミちゃんてそういう世界をぶち破る女の子っていうか、それがどれくらい無意味なことか教えてくれた女の子で、そんなアサミちゃんが軽音楽部を作りたいって言ってるのに、協力しなかったら男じゃないって思った」

「吉岡、女の子じゃなかったっけ」

「もう、日本語ってむずかしいな」

「いや、わかるけど」と僕は言った。「それで、吉岡もパンクの子になったわけ?」

「うん」吉岡はうなずいた。「見た目的には普通の子だけど、毎日アサミちゃんと多目的室でバンド活動してたってことに関して言えば、彼女の仲間だからパンクの子。アサミちゃんがギターを弾いて歌って、私はアサミちゃんが家から持ってきたベースを弾いた。セックスピストルズとか、そういうの。めちゃくちゃへたくそだったけど、二人で演奏してたらわけわからないくらい楽しかった。パンクは音さえでかければへたくそでいいんだってアサミちゃん言ってたし。そのうちアサミちゃんが曲を作ってきたりして。『君じゃない』っていう曲」
　そして吉岡は『君じゃない』を歌ってくれた。

僕の好きなのは君じゃない
僕の好きなのは健康な早起き
僕の好きなのは君じゃない
僕の好きなのはチーズののった食パン
僕の好きなのは君じゃない
僕の好きなのは冷やしたバナナ
僕の好きなのは君じゃない
僕の好きなのはコーヒー牛乳
僕の好きなのは君じゃない
僕の好きなのは朝ごはんのあと君が僕を迎えに来るまでの時間

「変な歌だけど楽しそうだね」演奏する二人を思い浮かべながら僕は言った。

二人はドラムを叩《たた》いてくれる人材を探したけど、軽音楽部に入ってくれる人は全校生徒を探しても一人もいなかった。だからドラムなしで、誰に発表するあてもない爆音の（といっても家庭用の小型アンプでできうる限りの）バンド活動を二人は続けた。でも周囲の目は冷たかった。

「アサミちゃんは学校からしたら異物みたいなものだから当然のように白い目で見られてたし、その仲間になった私も道を踏み外したみたいに思われてた。変わり者に影響されて道を違えたおかしな女みたいな。教室では誰も相手にしてくれなくなった。とくに女子は。でも同じキーホルダーをカバンからぶら下げることに命かけてる人たちに相手にされないのってたいしたことじゃないし、それはむしろ名誉なんじゃないかとさえ思ってた。アサミちゃんがいたから全然つらいとは思わなかった。そのときの私は、アサミちゃんさえいれば最強って感じだった。ぐりとぐらって感じで」

「ぐりとぐらって感じだったのに、いまは連絡とってないんだね」と僕は言った。自転車が二台続けて僕たちを追い抜いていった。

「アサミちゃん、お父さんの仕事の都合で二年の終わりに転校しちゃってさ」吉岡はシャツの襟のボタンを指先で神経質に外したりとめたりした。「最初は手紙のやりとりしてたけど、そのうち途絶えちゃった。ベースも弾かなくなったし」

「そういうもんか」

「うん」

アサミちゃんさえいれば最強だったという吉岡は、アサミちゃんが転校してからの話はしなかった。

僕たちは縄手《なわて》通りを東から西へ抜けた。ガラクタ屋やカフェやたい焼き屋やおもちゃ屋が軒を連ねていた。ガラクタ屋の店先には古い電話機やカエルの置物や焼き印や錆《さ》びたスコップが積み上げられ要塞《ようさい》のようになっており、店の入り口が埋没していた。その何軒かとなりにあるカフェのテラス席では長身のサングラスをかけた外国人が脚を組んでアイスコーヒーを飲んでいた。通りの北側には四柱《よはしら》神社という神社があった。観光客らしき集団が鈴を鳴らして参拝していた。変な通り、と吉岡は言った。それから橋を渡った。「どっか座る？」と訊《たず》ねると吉岡がうなずいたので、僕は子供の頃に父親に連れられて何度か行ったことのある喫茶店に入った。無声映画の流れる古くて静かな店だった。僕はカフェオレを、吉岡はコーヒーを頼んだ。少ししてそれらが運ばれてくると、ちょうど自分以外の誰かがいれたコーヒーを飲みたいと思っていたところだと言って吉岡は喜んだ。

「家でコーヒーとか飲むの？」

「え、市川飲まないの？」

「苦いから飲まない」カフェオレに砂糖を入れつつ僕は言った。

「子供」と吉岡は言った。「砂糖入れすぎだし」

「広崎とか豆買ってきて挽《ひ》いて飲んでるよ」と僕は教えた。「人がいれたコーヒー飲みたくなったらここに来るか広崎に言いなよ」

「そうしよう」

それからしばらく吉岡はお手拭きをたたんだり広げたりしていた。僕はチャップリンのコミカルな動きを見てぼうっとしていた。

「ソファで寝てるときって、何考えてるの」お手拭きをいじりながら吉岡は言った。

「寝てるんだから何も考えられないよ」

「でも一人学生運動なんでしょ」

「そうだった」と僕は言った。

「そうだったじゃないよ」吉岡は呆れたように言った。「市川は、なんとなくアサミちゃんに似てる」

「むしろ真逆だと思うけど」

どう考えても僕にパンクのアサミちゃんに似ていると言われるような要素はなかった。

新たな客が二組同時に入ってきて、少しだけ店内がにぎやかになった。チャップリンという声が聞こえた。大きなリュックを背負っていたから観光客かもしれない。

「人間て、三種類に分かれるの、知ってる？」

「三種類？」

「自分自身の強さや意志に依拠して生きていける人間と、誰かの強さや意志に依拠しないと生きていけない人間と、何か形のない空洞みたいな大きな塊に寄りかかって流されて生きる人間」

「そんな分類は初めて聞いた」僕はカフェオレを一口飲んだ。「吉岡はどれなの」

「わかるでしょ」

「さっきのアサミちゃんの話からすると二つ目かな」

「うん」吉岡はお手拭きから手を離した。「私がアサミちゃんに惹《ひ》かれたのは、彼女が自分の好きなものに関して、誰に何を言われても、どんな目で見られても、それが好きだっていうことの確信を持ってたから。ポーズとか見掛け倒しとかじゃなくて。アサミちゃんに出会ったとき私は十二歳で、周りにいるのは友達とおそろいのキーホルダーをカバンからぶら下げることに命をかけてる女の子ばっかりで、そういうのにうんざりしてて、だから私はどういう種類であれ何かしらの意志を持ってる人を必要としてた。そういう人が一人でもいれば、安心できる気がした」

　十二歳の吉岡を思い浮かべながら、ふむ、と僕は言った。

「でも私は結局キーホルダーの女の子たちと本質的にはそんなに違わないんだ。寄りどころにするのが、確信や意志や信念やスタイルを持っていたり、持とうとする気概のある一人の人間か、何か形のない空洞みたいな大きな塊かって違いがあるだけ」

　そのことについて僕は考えてみたけど、そうだとも違うとも言えなかった。

「私自身は何も持ってない。だから私は弱い人間」

「弱いっていうのとも違う気がするけど」

「一人になった途端に何もできなくなるのは弱い人間だよ」吉岡はまたシャツのボタンを神経質にいじっていた。「……ちょっとしゃべりすぎた気がする。なんかわかんないけど、市川相手だといつもしゃべりすぎる。交代」

「交代？」

「市川も何かしゃべって。中学とか高校のときのこと」

僕は残りわずかなカフェオレを飲み干した。溶けなかった砂糖がカップの底で沈没船を侵食する錆《さび》のように固まっていた。水を飲んで口に残った甘ったるさを消した。

「なに、急に黙って」

「いま思い出してみたけど、驚くほどしゃべることがない」

「付き合ってた子の話とかさ」

僕はもう一口水を飲んだ。「そんな話があるように見えるかな」

見えない、と言って笑う吉岡の顔は、眉《まゆ》が下がって、目が細くなって、なんていうか、悪くなかった。

「じゃあ友達のこと」

「広崎っていう友達がいるんだけど、味のある弾き語りをやってて」

「それはいまの友達でしょ」

「昔もいまも全部合わせて、広崎以外に友達が思い浮かばないな」と僕は言った。「そろそろ行かなきゃ」

不満げな顔をする吉岡とともに店を出た。

ライブハウスは駅前の大通りに面した建物の地下にあった。受付で若い口ひげの男に誰を見に来たのかと訊《き》かれたので僕は広崎の名前を告げ、ドリンクチケット込みで二千円払って中に入った。中は暗く、大きな音で音楽がかかっていた。煙草のにおいがした。二十人ほどの人がいて空気がどんよりと滞っていた。なんとなく広崎には似合わない空間だった。

「吉岡、こういうところ来たことないの？　パンクの子時代に」

「ない。私たちの町にこういうところなかったもん。アサミちゃんは一人で東京とか行ってて、私も行きたかったけど、お母さんにダメって言われて行けなかった」

僕たちはカウンターで飲み物を注文した。吉岡がビールで僕がウーロン茶。

「そういえばビールが飲めるのは友達の影響とか言ってたけど、もしや中学生のときからアサミちゃんと一緒に飲んでたとかじゃないよね」

「中学のときは飲んでない。十六になってからは一人で飲んでたけど」

「なんで十六？」

「十六になったら乾杯しようってアサミちゃんと約束してたから。イギリスって十六歳からお店でもビール飲めるらしいの」

「イギリス？」

「アサミちゃんいわく、イギリスはパンクの本拠地なんだって。十六歳になった日からたまにアサミちゃんのこと思い出しながら一人でこっそりビール飲んでた」

「不良だ」と僕は言った。「もしかしてそのピアスもアサミちゃんが関係してる？」

「あたり。これは転校するときアサミちゃんが餞別《せんべつ》にくれたの。けっこう似合ってると自分では思ってる」

「かなり似合ってると思うよ」と僕は言った。

そのうちに楽屋のようなところから広崎が出てきた。来てくれたのか、とやはり照れくさそうに広崎は言った。

「今日は一曲で終わりじゃないでしょ」

「五曲くらいやる」

「え、そんなに？　いつのまにそんなに作ったの？」

「夏休みのあいだに」

「この前、家で歌ってくれたときは温存してたんだね」と吉岡は言った。

全部で五組が出るブッキングライブで、広崎の出番は三番目らしかった。そして広崎以外はみんなバンドのようだった。

しばらくして一組目の人たちがステージに現れた。四人組のバンドだった。ボーカルは目がすっかり隠れるくらい前髪を長くした僕たちと同じくらいの年の男で、もしかしたら同じ大学か、市内にある別の大学の学生かもしれなかった。彼は一曲目を演奏する前にまずしゃべった。僕たちの前にはいつも分厚い壁がある。それはいくら拳《こぶし》で叩いてもちっとも揺るがなくて、僕たちは絶望しそうになる。でも絶対に壁を叩くことをやめてはいけない。僕たちには音楽がある。言葉がある。ギターがある。衝動がある。壁を壊して、自分の力でその向こうにある何かをつかみとろうとしてずっともがき続けてる。この歌で、この声で僕たちは世界に風穴をあけたい。だいたいそんなような内容で、その後に演奏した明るくてうるさい曲の歌詞もだいたいそんなような内容だった。歌うときもしゃべるときもかきむしるように胸に手を当てたり前方の空気をつかむように腕を伸ばしたりしていた。観客の何人かがせわしなく縦に揺れていた。音がとても大きくて、僕はそんな大きな音で音楽を聴いたことがなかったから驚いた。吉岡も同じみたいだった。でも世界に風穴があいたらたしかにいいなとは僕も思った。

演説と歌と、同じ内容の工程をときおり感極まりながら五回くらい繰り返して彼らはステージを下りた。驚くべきは彼らが既存のバンドのコピーバンドであるということだった。終演後、後ろにいた客の会話からそのことを知って僕はすっかり感心した。ある意味で心を打たれたといってもよかった。

そのあとも同じように四人組のバンドが出て（こちらは自作の曲を演奏する人たちだったけど、うるさかったり静かだったりむずかしいことをやっていて素人の僕にはよくわからなかった）、次が広崎の出番だった。

広崎は先日のイベントのときと同じように曲名だけ言って演奏を始めた。一曲目はやはり『消費税』。

僕と吉岡は広崎の声とギターにじっと耳を傾けて誰よりも大きな拍手をしたけど、前の二つのたいして盛り上がっていないバンドに輪をかけて盛り上がっていなかった。僕たちがここに来たときより十人ほど客の数は増えていた。音量が小さいので、観客の雑談や笑い声がずっと聞こえていた。
二曲目と三曲目と四曲目はそれぞれ『スーパーマーケット』『歩く』『散髪』というタイトルで、どちらも生活に関して思いついたことを順番に述べたといった感じの広崎らしい曲だった。僕が最も印象に残ったのは最後に演奏された『新しい言葉』だった。

部屋でビールを飲む
赤いラベルの瓶ビール
誰かがドアをノックして
俺はギターを抱えて出迎える
誰も口にしたことのないような言葉で話したくて
俺はそれを探し回るけど
出てくるのは使い古されたものばかりで
気づくと夜が明けている
日が差し込んで何かが光る
新しい言葉だと思って拾い上げる
でもそれは赤いラベルの空き瓶

この日が初めてのライブハウス出演だった広崎は、二週間後には別のライブハウスに出演し、松本市内にいくつかある音楽系のイベントスペースの催しに積極的に出演するようになった。

僕はといえば、図書館で過ごす合間に大学構内をぐるぐると歩き回るようになった。

十一月のキャンパスはすっかり冷え込んで、散歩をするには寒かったけど、いたるところに植えられた木々から脱落するように少しずつ落ちて日々増えていく地面の枯れ葉を踏みながら歩くのが好きだった。水分を失った赤や黄の黒ずんだ桜の葉たちは、ぼろいスニーカーの裏側でかさかさという心地よい音を立てた。

正門からまっすぐ歩いたところにある総合健康安全センターのわきから西側の道路に面したサークル棟までをつなぐ、植物に囲まれた奇妙に折れ曲がった細い道を気に入って、僕はそこをよく歩いた。

健康安全センターから出てきた吉岡とばったり出くわしたのは、十二月も間近に迫ったある日だった。吉岡は濃紺のダッフルコートを着て、ボリュームのある暖かそうな白いマフラーをして、早くも手袋をしていた。僕はコートを着ていなかったしマフラーも手袋もしていなかった。

「おお」と僕は言った。

吉岡は建物の出入り口でぴたりと立ち止まり、しゃべり方を忘れたみたいに口をかたく閉じたままばつの悪そうな顔で僕を見た。

「昼ご飯、食べた？」

時刻は一時半すぎで、そのときに僕が発することのできた最も自然な言葉はそれだった。

「……まだ」と答える吉岡の目はかすかに泳いでいた。

「カレーでも食べる?」

少し間があり、うどん、と吉岡が答えたので僕たちは学食へ行った。

昼休みが終わったあとの学食にはそれなりに人がいたけど、混雑しているというほどではなかった。奥の席に座って、僕は蕎麦《そば》を、吉岡はうどんを食べた。吉岡はうどんに七味をたくさんふっていた。

「かけすぎじゃない?」

「うん」

「今日、寒いね」

「うん」にも「ううん」にも聞こえる微妙な声を吉岡は出した。

吉岡の受け答えは終始ぎこちなく、いつものように会話が続かなかった。

蕎麦を食べ終わった僕は給茶機でお茶を二杯くんで一つを吉岡の前に置いた。ありがとう、と吉岡は言った。僕はお茶を一口飲んだ。細かい茶葉の浮かんだ緑茶は熱く、お湯のように薄かった。

「午後は授業あるの?」

「ない」

僕たちが無言でお茶を飲んでいるあいだに何人かが立ち上がって学食を出て行き、反対に何人かが遅めの昼食を取るためにやってきた。

「散歩でもする?」

吉岡は無言で首を横に振った。僕は立ち上がるタイミングがつかめず、お茶を少しだけ口に含んではプラスチックの軽いカップを何度もテーブルに置き直した。

「最近よく大学の中を歩き回ってるんだ。枯れ葉を踏みながら歩くと楽しい」

そんなつもりはなかったけど、なぜか弁解するような言い方になっている気がした。すでに空になったカップを口に運び、お茶を飲んだふりをしてまたテーブルに置いた。

吉岡にあからさまに元気がないのは、彼女が健康安全センターから出てくるところを僕が見たからなのは明らかだった。吉岡が、その場面を見られたくなかったと思っていることも明らかだった。なぜあんなところを歩いたりしたんだという気持ちに僕はなった。だけど見てしまったものはしかたがない。僕は迷った末に思い切って訊ねた。「どこか、具合が悪いの？」

吉岡はカップを持ったまま何も言わずに真顔でテーブルの上に視線を漂わせていた。訊ねなければよかったと後悔した。

「……そろそろ行く？」

吉岡はやはり反応しなかった。二人ともにカップが空になっていた。僕はまたお茶をくんできた。それを飲みながら吉岡が何か言うのをじっと待っていると、小さな声で彼女は何かを言った。カウンセリングと言ったように聞こえた。

長い沈黙があった。学生たちの話し声や食器を重ねる音などが聞こえていた。

「……カウンセリングに通ってる」吉岡の声は許されざる罪を告白するみたいに重々しかった。

「ああ、それで健康安全センター」と僕は言った。「カウンセリングって、医者に話を聞いてもらったりするやつだっけ」

僕は吉岡が何か重大な病気を抱えているのではないかと思っていたので、内心で胸を撫《な》でおろしていた。

「嫌われる」

「ん？」

「市川に嫌われる」

「なんで？」

「引いてるでしょ、カウンセリングに通ってるなんて」

「もしや、それでそんな暗い顔をしてたの？」

吉岡は僕と目を合わせるのを避けるようにうなだれて、ずっと下を向いていた。

「吉岡」と僕は言った。「僕はそんなことで人を嫌いにならない」

吉岡はかすかに首を持ち上げた。しかし僕の胸のあたりに視線を固定して目を合わせようとはしなかった。

「やっぱり散歩しない？」僕はもう一度吉岡を誘った。体を動かしたほうがいいような気がしていた。

吉岡が無言でうなずいたので食器を片づけて外に出た。僕たちは並んで歩き出した。

生協前広場に出て、そこから西門に向かって並木道を歩いた。西門まで行くと、右手に経済学部の建物があり、左手の階段を下りれば駐車場や、西側の道路に面したサークル棟があった。

サークル棟の前でバドミントンをしている学生がいた。ちっともラリーが続いていなかった。寒いし風も吹いているのに、どうして外でバドミントンなどしているのだろうと思いつつサークル棟の裏を通過し、正門方向へ抜けた。寒いし風も吹いているのに大学の中を歩き回っている僕たちも他人から見れば奇妙かもしれない。

歩きながら僕は一人でしゃべり続けた。自動車の教習所の話（半月ほど前に免許を取得したばかりだった）や夏休みにやったアルバイトの話だ。自然に出てくるのはミスをして怒られたり嫌な思いをしたりしたエピソードばかりで、教習所でもアルバイトでも誰かにほめられたり楽しい思いをしたりしたことがほとんどないということに気がついた。幸いにも一方的にしゃべるのには失敗談や嫌な思いをしたエピソードのほうが向いていた。自動車学校の教官の意地悪さと、夜を徹して名古屋のホームセンターで商品の数を数えたりするアルバイトで感じたストレスに僕は初めて感謝した。しかし三十分もしゃべっているとネタが切れて話すことがなくなった。昨日と今日の区別がつかない生活を送っている僕には教習所とアルバイト以外にとくに話せるようなことがなかった。吉岡はずっと僕のとなりにいて僕と同じ歩調で歩いていた。うつむき気味なうえにマフラーに顔をうずめているのでどんな表情をしているのかわからなかった。なんでもいいから何か話し続けなければいけないような気がしていた。

「自動販売機で飲み物を買ったら同じものが二十本も出てきて」「夜中にコンビニに行って雑誌を立ち読みしていたら強盗がやってきて人質に取られて首元にナイフを突きつけられて」「二日前、道を歩いてたら熊と遭遇して襲われそうになったんだけど、すぐ近くに柔道経験のあるガタイのいい男がいて、その人が巴投《ともえな》げで」

息切れしそうになった頃に、吉岡が久しぶりに口を開いた。「ありがとう、市川」

それで僕はしゃべるのをやめた。大学は静かだった。二人でたくさんの落ち葉を踏んだ。かさかさという音がした。バドミントンの人たちは遊び道具をラケットと羽根ではなくサッカーボールに替えてコロコロと蹴《け》り合いながら、僕たちを不思議そうに見た。彼らの横を通過するのは三回目だった。

何度目かに生協前広場に出たときに吉岡は言った。「十四歳くらいから精神科医に通ってる」

「うん」

「そういうのって、めんどくさいよね」

「めんどくさい？　って、なんだろう」

それからまた無言が続いた。僕たちはずっと同じペースで歩いていた。

足が疲れてきた頃に、雨あがりに木々の葉から滴がぽつぽつと垂れるような切れ切れの言葉で、時間をかけて吉岡はいくつかのことを話してくれた。アサミちゃんがいなくなってから学校に行けなくなったことや、カウンセリングに通うようになったことや、高校に入学して少しだけ立ち直ったことや、高二のはじめに告白されて恋人ができたけど、少しして別れて同時にまた学校に行けなくなったことなど。

どれも最低限の事実という感じで、吉岡がそれぞれの出来事に対して抱いた感情などは話されなかった。その言葉の少なさに、普段の明るさの裏側で彼女が抱えている傷や、彼女の心のもろさや繊細さのようなものを見た気がした。恋人ができて別れたことと、学食での「嫌われる」という言葉は無関係ではないのだろうと思った。弱い人間、という吉岡の言葉を思い出してもいた。

僕は立ち止まって、吉岡を後ろから見た。たぶん僕より十センチくらい背が低い。ダッフルコートに包まれた体は細くて、毛糸の手袋に包まれた手もきっと僕よりひとまわり小さい。その手のことを考えると、心臓の鼓動が少しだけ速くなった。すぐに吉岡から視線を外して、その向こうにある枯れた木に目をやった。

僕が立ち止まっていることに気づいた吉岡が、数メートル先で振り返った。

「……市川？」どこか不安げな顔をしていた。

僕は吉岡のところまで歩いて行って、再びとなりにならんだ。

「吉岡って、すごく、いい感じの女の子だと思う」

それは自分の口から出た言葉だと思えなかったけど、たしかに僕の口から出た言葉だった。

吉岡は驚いたような目をして、「ありがとう」と笑った。「市川は、優しい」

体のどこかに痛みが走ったような気がして、僕は自分のシャツの胸の部分をぐっとつかんだ。

＊

十二月が過ぎて二〇一〇年が終わると、冬休み明けの図書館は後期試験のために勉強をする学生であふれた。僕はいつもどおりソファで過ごした。

外ではしんしんと雪が降り、冬の寒さに活気を失った大学構内を遠慮がちに白く染めていた。一度図書館に入ってしまうと、もう外には出たくなくなるような寒さだった。自転車に乗って風を切れば冷たい空気がヤスリと化して顔や耳や手の皮膚を痛めつけるので、しばらくのあいだ僕の自転車は大学の駐輪場に置きっぱなしにされることになった。

一月末に試験が終わり、僕はまたほんの少しだけ単位を取った。全部「可」だった。そして春休みに突入した。

二月十四日、実家に帰省する前に吉岡は僕と広崎に手作りのチョコレートブラウニーをくれた。

「おいしいかわからないけど」

「味見してないの?」

「黙って食べて」

僕はその場で一口食べた。「おいしい」

「よかった」心から安堵《あんど》したように吉岡は言った。

広崎はかじって食べることを想定して作られたそれを一口で食べてむせながら「うまい」と言って、吉岡を笑わせた。

春休み中、広崎は実家に帰らず、引っ越し業者のアルバイトをしながら自分の部屋やサークルの部室で曲作りに励み、いろいろなところで歌った。僕はできるだけ広崎のステージを見に行った。広崎の歌と演奏は見るたびに上達して、語りのようでもあり歌のようでもあるそのスタイルを少しずつ自分のものにしつつあった。同時に、技術では語れない何かが広崎の音楽にあることに僕は気づき始めていた。僕はときおり広崎の率直な言葉と声に圧倒された。

僕は相変わらず広崎の家に入り浸っていた。部屋を訪ねると彼はいつも電気ストーブで背中を温めながらギターを抱えていた。僕が訪ねているあいだは広崎はギターを置いてはっぴいえんどなどの音楽をかけて僕としゃべりながらビールを飲んだ。なんでもっと早くギターを買わなかったんだろうって後悔するな、と広崎はよく言った。

「高校のときから音楽やってればよかったってこと?」

広崎はうなずいて五本目のビールの栓をあけた。

「でも高校時代に野球やってなかったら『消費税』とかは歌えなかったわけだし」

「そうかもしれない」と広崎は言った。「高校時代、本当は音楽をやりたかったのにやらなかったことが自分の中でひとつの原動力になってるような気もする」

「広崎ってほんとに音楽好きなんだね」

「生肉みたいなものがあるんだ」と広崎は言った。

「生肉?」

「豚か牛の生肉みたいな、生温かくて赤くて柔らかくてぐにょぐにょしたものだ。とてつもなく大きい。どれくらいでかいのか把握することもできない、宇宙みたいな生肉なんだ。俺はギターをかついで、そのぐにょぐにょの中を掘り進んでいく。血まみれになりながら、内側に少しずつめり込んでいく。どこまで行っても赤くて生温かいぐにょぐにょなんだが、ずっと奥のほうに何かがあるような気がしてるんだ。だけどそれが何なのかはわからない。だが——」

広崎はビールを四本か五本くらい飲むとこうして音楽に対する思いのようなものを語り出すことがあった。でもすぐに我に返ったようになって、「なんでもない」と口をつぐんだ。

広崎と初めて会ってから一年ほどがたとうとしていたけど、この頃になって彼の口数が少ない理由がわかってきた。広崎はしゃべることによって音楽にするべき何かが体の外に出て行ってしまうことをおそれているのだった。始めてまだ一年もたっていないのにそんな真剣さで音楽に取り組む広崎とはいったい何なのだろう。僕は彼を見ていてよくそう思った。

広崎はそんなふうにじっと黙って味の薄いビールを飲みながら新しい言葉とか自分の音楽を獲得するために毎日ギターを抱えて過ごしていたから、自然に勉強のほうはおろそかになっていった。二年になると単位の取得に関しては僕と同じ低空飛行をするようになった。彼は次々と新しい曲を作り、引っ越し業者のアルバイトで得た金でライブハウスに出演し（集客力がないので広崎は出演するたびに数千円から一万円近い出演料を払っていた）、週に三回イエローカリーを食べ、夜はビールを飲み、たまに学生であることを思い出して講義に出席した。

僕や吉岡は広崎の立派なファンだった。二人とも音楽にそれほど興味があるわけではなかったけど、広崎のおかげで月に二回ほどのペースで松本にあるライブハウスのたぐいに通うようになった。そういう場所に集う人はみんなどことなく似ている気がした。自分は世界でいちばん趣味がいいと思い込んでいる人たちの中で広崎は消費税や赤いラベルの瓶が出てくる歌をうたいまばらな拍手を受け続けていた。

僕と吉岡は広崎の部屋で歌をリクエストすることもあった。吉岡は飽きることなく何度でも

『消費税』をリクエストした。広崎は僕のリクエストには半分の確率でしか応《こた》えないのに吉岡からのリクエストには百パーセント応えた。

六月の下旬にいつものように部屋で『消費税』を歌ってもらい、吉岡が拍手をしていると、広崎が突然立ち上がって台所のほうに行き、がさがさと音をさせて白いビニール袋を持ってきた。なんだろうと思っていると、これ、と彼は言った。吉岡に向かって差し出していた。

「なに？」広崎の突然の行動に吉岡はきょとんとしていた。袋の中には板チョコが五枚も入っていた。以前分け合ったのと同じメーカーのものだった。

「私がもらっていいの？」

「バレンタインのお返し。大学生協で買った」と広崎は言った。

「どんなタイミングとチョイスだ」と僕は思わず叫んだ。

広崎は照れくさそうに頭をかいた。彼は愛すべき男だった。

「ありがとう」吉岡はおかしそうに笑っていた。

そしてあのときと同じように一枚の板チョコを三等分して食べた。

吉岡が広崎に手を差し出した。一年前を再現しようとしているみたいだった。広崎は吉岡と握手した。

吉岡は僕にも手を差し出した。

「奥手なんだ。知り合って一年の女の子の手なんか恥ずかしくて握れない」

「そんなところまで再現しなくてもいいのに」と吉岡は笑った。

握手しない僕たちを広崎は交互に見ていた。

それから数日して、深夜、二人で飲んでいるときに広崎に切り出された。話があると言われた時点で話の見当はついていた。

広崎は尻《しり》の下に何か気になるものがあるみたいに胡坐《あぐら》をかいた脚を何度も組み替えたりして、しばらくもじもじしていたが、やがて意を決したように言った。「吉岡のことが好きなんだ」

うん、と僕は言った。広崎が吉岡を好きなことにはだいぶ前から気づいていた。

「それで、市川……」

広崎は僕がすでに吉岡と恋人関係にあるか、もしくは僕が吉岡を好きなのではないかと心配していたみたいだった。

「広崎に黙ってそんなことになってるわけないだろ。僕は吉岡のことは友達だと思ってるし」

「ああ、そうか、悪い」と広崎は言った。「もしもそうだったら、と思っただけだ」

「広崎と吉岡ならお似合いだと思う。応援するよ」

僕と広崎と吉岡は友情の甘ったるいチョコレートを二回も分け合った仲だった。でもその関係は一年の月日をかけて友情とは別の種類の甘ったるい言葉も交えないと語れないものに変化していた。

佐野

奥村から話はよく聞いていたけど、奥村の妹に実際に会う機会はそれまでなかった。奥村の妹は僕たちが三年生になるのと同時にこの中学に入学してきた。新学期が始まり半月ほどたち、奥村と連れ立って歩いていた昼休みの廊下で、僕は初めて彼女に会った。

奥村の妹は奥村に気づくと人目も気にせず「お兄ちゃーん」と言いながら、廊下の向こうからこちらに向かって手を振った。それは中学一年生の女の子が学校で兄に会ったときの反応としてはめずらしいものだった。僕がこれまでに見てきた経験からすると、きょうだいと鉢合わせした生徒は、どちらかと言えばうつむいて他人のふりをしたりするほうが多かった。僕は一人っ子だからわからないけど、たぶん学校できょうだいと会うことはなんとなく恥ずかしいものなのだろう。少なくとも「お兄ちゃーん」と手を振りながら小走りで駆け寄る姿は見たことがなかった。

子犬のようにころころとこちらに駆け寄ってきた奥村の妹は小さくて、まるで子供のようだった。先月まで小学校に通っていたのだから当たり前と言えば当たり前かもしれないが、しかしそれにしても平均的な十二歳の女の子よりいくぶん幼いように見えた。体格だけでなく、顔つきや奥村を見つけたときの挙動や全体の雰囲気がとくに幼かった。

奥村が実際の年齢よりかなり高めの精神年齢を獲得しているぶん、妹のほうは逆転現象が起きているのかもしれなかった。でもそれは二つ目に思ったことで、このときまず僕が驚いたのは別のことだった。

奥村の妹は沖田と同じ顔をしていた。

もちろん違う人間だからまったく同じであるはずはなく、年齢や性格の違いからくる顔つきや表情の差はあった。でも顔のつくりそのものはほとんど同じと言ってよかった。目尻《めじり》が少し上を向いているところや上唇が少しだけ尖《とが》っているところといった、沖田を沖田たらしめる特徴的な部分から、鼻の形やあごのラインから頬のあどけない丸さまで、どれをとっても似ていた。沖田の数年前の姿を見ているようだった。見たことのない数年前の沖田が、新品の清潔なブレザーを着てそこにいた。

俺の妹、と奥村は彼女を紹介してくれた。僕は驚きでしばらく声が出なかった。僕がかたまっているあいだに奥村は僕のことを妹に紹介していた。

「これ、佐野ね」

奥村の妹は僕のほうを向き、凛《りん》とした声で「こんにちは」と言った。ショートカットの沖田よりいくぶん髪は長いが、前髪だけかなり短くしているので、表情がよく見えた。間近で見ると、目がきらきらと光って快活そうな女の子だった。僕はなんとか頭を下げて「こんにちは」と言った。

「晃《あきら》っていうんだ」と奥村が名前を教えてくれた。

「奥村にお世話になってます」と僕は言った。

「お兄ちゃんが、お世話になってます」と彼女は言って、そのあと、お兄ちゃんの友達に合わせて大人の言葉を使ってみたよという感じのおどけた顔を奥村に向けた。奥村はやわらかく笑った。奥村の妹が行ってしまうと僕は奥村の肩に手をやった。「奥村」

「おう」と奥村は言った。

「明るい妹だね」

「ああ、まあ、それだけが取り柄だな」

「晃って、女の子にしてはめずらしい名前だ」

「そうだな。名前だけ見るとだいたい男と間違われる」

「奥村にはあんまり似てないね」

「半分しか血がつながってないんだ」と奥村は言った。「俺の母親、俺を産んですぐに離婚して再婚したからな。父親が違う。晃も俺もどちらかと言えばそれぞれの父親似」

頭の中で、カチッと、何か妙な音が聞こえた気がした。

「……あのさ」僕は少し間をとって言った。「沖田に似てる気がするんだけど」

「沖田さん?」

「うん。少し……ていうか、かなり似てるように見えたんだけど」

「どこがだよ。全然似てないだろ。テレビと自転車くらい違う」奥村は不思議そうな顔をして言った。「変なこと言うやつだな」

なぜか奥村は沖田と妹が似ていることを認めようとしなかった。でも彼が妹を見る目は沖田を見るときの目と同じだった。それで僕は奥村が沖田をあれだけ気にかけていた理由を知った。誰だって溺愛《できあい》する妹と同じ顔をした女の子が孤立していたら放っておくことはできない。

僕はある可能性について考えないわけにはいかなかった。奥村の妹の父親が沖田の父親である可能性。奥村の妹と沖田が同じ顔をしていて、かつ沖田の母親は未婚の母なのだからその可能性を考えるのは自然なことで、それはそんなに見当はずれな推理ではないはずだった。

その推理が正しくなかったことは、後日、僕が川原で沖田にした質問によってあっさりと証明された。

「沖田って、父親と母親のどっちに似てるの?」

「なんで急にそんなこと訊《き》くの」

「いや……」

「わかってる。奥村君の妹のことでしょ」と沖田は言った。「私もちょっとびっくりした」

沖田は僕の考えていることをすぐに見抜いたようだった。

「でも私お母さん似。ほとんど同じ顔してる。昔、父親の写真見せられたことあるけど、私にはあんまり似てなかった」

それで僕は他人の空似というものが本当にあるのだと知った。

僕が勝手に考えていたことを奥村にも話したところ、盛大に笑われた。「馬鹿だな。そんなことあるわけないだろ。本の読みすぎだ。だいたい似てない」

でも奥村の妹と沖田が似ていることは客観的な事実だった。そして本を読みすぎているのは奥村のほうだった。

奥村は、「あのさ」と少し恥ずかしそうに言った。「晃のやつ、昔から俺にちゃんとした友達がいないの心配してるんだよな、妹のくせに。一度うちに遊びに来てくれないか？」

「もちろん」

僕と奥村は三年生になってもちゃんと放課後勉強クラブを続けていた。沖田の参加率があまり高くない――むしろまったく参加せず、幽霊部員になりかけていることが奥村としては不服のようだった。最後に沖田が奥村に勉強を教わったのはたしか三年になる前、二年の二月だった。そのときも相変わらず借りてきた猫のようなおとなしさで、奥村に心を開いているとは言い難かった。その二月の日を最後に彼女は幽霊部員になったと言ってもよかった。

僕は沖田とは相変わらず川原へ続く階段で話をしていたから、沖田が部活に参加しないことをあまり気にしていなかった。僕が誘えば来たかもしれないけど、それもしなかった。僕と沖田は、二人のときは放課後勉強クラブや奥村の話をしなかった。

僕と沖田は階段だけでなく、橋の下の陰になった暗がりの、一部分だけ台のように盛り上がったコンクリートに、戦争孤児みたいに膝《ひざ》を抱えて並んで体育座りをし、流れに向かって石を投げたりした。周囲にはたくさんの草が茂っていた。敵国の残党兵から僕たちを匿《かくま》ってくれているみたいだった。僕と沖田は小学三年生ではなくて中学三年生だったけど、なぜか身を寄せ合うことに特別な意味を見出《みいだ》してはいなかった。ごく自然にそうしていた。

僕はたまにスカートから露出した沖田の膝小僧にてのひらで触れたくなった。沖田の膝小僧は真っ白でなめらかで、サイズを縮小させてスーパーマーケットに並んでいる卵に紛れ込ませても見分けがつかないのではないのかと思うくらいきれいだった。もちろんそこに手を置いたりしたことは一度もなかった。

橋を車が通ると頭上でガタガタと不吉な音がした。僕たちは戦争孤児的な気持ちでたくさん石を投げ、話をした。うち貧乏、と言いながら沖田はよく石を投げた。

「お母さん、いまはなんの仕事してるの」

「よくわからない。朝帰ってきて、いつもお酒のにおいがする。たぶんスナックみたいなところ。帰ってこないときもある」

沖田の話すことの多くはあまり幸福な内容ではなかったけど、橋の下では彼女の顔は睫毛《まつげ》の一本一本が見えるくらいすぐ近くにあり、色素の薄い目と目が合うと僕はどきどきした。瞳《ひとみ》はよく見るととてもきれいな澄んだ茶色をしていて、僕は一度でいいから、正面からその瞳の奥を覗《のぞ》き込んでみたいと思っていた。沖田はいつも伏し目がちで、そうするチャンスはなかなかなかった。

僕たちは竜の話もした。松本にもしも本当に竜がやってきて火を吹いたら。

「どれくらいの大きさの竜かによって被害の状況は変わってくる」と沖田は言った。

「竜って普通、どれくらいだろ。昔、夢に出てきたことがあるな。竜っていうか蛇っぽいほうの龍、龍だけど」

「どんな夢」

「小学校で水泳の授業を受けていたら空から龍がやってきてパニックになるんだ。プールの中に着地して、とぐろを巻いてた。二十五メートルプールがちょうどいっぱいになってた気がする。でもよく見たら蛇で驚いた。っていう夢」

「龍が出てくる夢って、成功とか幸せの予兆だって聞いたことある。蛇は知らないけど」

「とくにいままで成功とか幸せって感じるような出来事はなかったな……」

「龍が出てきて襲われるのはたしか不幸の予兆」

「……そんな」と僕は言った。「でもその夢見たの、小学校三年生くらいのときだからもう大丈夫かな」

「占いなんて当たったことない。とくに朝のテレビの占い」

いつのまにか松本に竜がやってきたらという最初の話題はどこかへ行ってしまった。僕の前では沖田の目からは野良猫みたいな警戒の色が薄れている気がした。僕と沖田の会話はいろいろな方向に転がって、いつも永遠に終わらないように思えた。

そろそろ帰ろうかと言うと、沖田はたいてい、もう少しいる、と言った。

彼女はじっと川を見ていた。何を考えているのだろうと思った。沖田はいつもどことなく不安げだった。黒い睫毛とか白い頬とか少し尖った上唇を見ながら、なぜか僕は膝小僧ではなく手に触れたくなった。

「いいよ」

僕が何も言っていないのに、沖田はそう言った。

だけど僕が沖田の手を握ることはなかった。

いつも身を寄せ合うようにして橋の下に座っていた。

＊

四月の三回目の土曜に奥村に招待されて彼の家に初めて遊びに行った。「本当に友達だったんだ！」奥村の妹はそう言って喜んだ。僕はすぐに奥村の妹とも仲良くなった。

廊下で挨拶《あいさつ》だけしたときの様子からもうかがえたけど、奥村の妹と沖田は性格的にはまったく違うタイプだった。快活で人懐っこくて、すぐに僕にも慣れた。僕のことを佐野君と呼んだ。精神年齢が幼いという最初の印象は実のところあまり当たっていなかった。明るく天真爛漫《らんまん》で物怖《ものお》じしない性格と、水分の多いキラキラとした目があどけなく見せていただけで、実際には、よく物事を観察するし理解も早い賢い女の子だった。少し話をするとそれがわかった。話す言葉もしっかりしていて、さすが奥村の妹だと僕は感心した。

僕はいままでに友達の妹と接する機会がなく、彼女をどう呼べばいいのかわからなかった。晃と呼べばいいと奥村は言った。それで僕は沖田と同じ顔をした奥村の妹を下の名前で呼ぶようになった。

奥村の家は中学から南西に一キロメートルほど離れた緑地近くの住宅街にある大きくも小さく

も古くも新しくもない一軒家で、片づけが行き届き整頓《せいとん》されていた。リビングには晃が小学校低学年のときに図工の授業で描いたのだと思われる「お兄ちゃん」の絵と「お父さん」の絵と「お母さん」の絵があった。家族写真が一枚だけあり、まだ疑問を捨てきれていなかった僕はそれをまじまじと見た。奥村の言うとおり晃はどちらかと言えば父親似で、母親の顔から受け継いでいる要素はそれほどなかった。沖田とほとんど同じ顔をしている晃が父親似なのに、晃の父親は沖田と似ているとは言えなかった。人間の顔は不思議だと僕は思った。

写真の母親は、いまは奥村家にはいなかった。奥村が小学校五年のときに交通事故死したと聞いていたし、当時そのことをクラスの担任が神妙な面持ちで話したのを僕は覚えていた。奥村の父親は仕事で忙しく、家を空けることも多いようだった。僕は平日休日問わずよく奥村の家に遊びに行くようになったけど、奥村の父親を見たことはなかった。

奥村の部屋は本棚とベッドと机と椅子があるだけのシンプルなものだった。僕の父親の書斎とよく似ていた。文庫本がたくさんあった。どれか持って行けよ、と何度か言われたけど、どれも僕には難易度が高そうだったので借りたことがなかった。

僕たちはたいてい奥村の部屋ではなくてリビングで遊んだ。

晃は勉強と野菜が嫌いで、奥村とテレビゲームが好きだった。奥村はなぜかゲームが苦手だった。「こんなボタンやスティックで人間を操作するってのが感覚的にしっくりこないんだよな」格闘ゲームに関して奥村はそう言った。奥村は晃の対戦相手としては不足なようだった。それで僕はよく晃の対戦相手になった。お兄ちゃん全然相手にならないんだもん、と晃は言った。

「ゲームばかりしてると馬鹿になっちまうんだぞ」

「お兄ちゃんこそ本読んだり勉強ばかりしてるとバカになっちゃうよ」

兄妹はいつもそんなやりとりをしていた。

「奥村に雨以外にも苦手なものがあるって知って安心したよ」と僕は言った。

「勘弁してくれよ。俺をなんだと思ってるんだ」

「真球率百パーセントの球体みたいな男」

「佐野君たとえるの上手！」と晃は言った。

「でもよく見ると『雨が苦手』って名前の小さな穴があいてる。『ゲームが苦手』も最近知ったけど。ほかになんか穴あるの？」僕はそれを奥村にではなく晃に訊いた。

「うーん」と晃は言った。「『募金をしすぎる』くらいしかないよ」

たしかに奥村がコンビニで募金箱にちょこちょこと小銭を入れているところを僕は何度か見ていた。一度、五百円玉を入れているところを見たことがあり、僕は店を出たあと思わず奥村に訊《たず》ねた。いま、五百円玉入れなかった？　ああ、と奥村は言った。

「……なんで？」募金をする人間に対してなんでと訊くのもおかしな話だったけど、僕たちは稼いだ経験もなく、一か月に三千円とか四千円のお小遣いを親からもらって自分のほしいものを買う中学生だった。

「つぐない」と奥村は言った。

「つぐない？」聞き返しながら、僕はそのコンビニの募金箱に書かれていた言葉を思い返した。

そこには『栄養失調で失われる一日八千の命』とあった。

「栄養失調で失われる一日八千の命と奥村って、何か関係があるの？」

「ない」と奥村は言った。「べつに栄養失調で失われる一日八千の命を救うために募金したわけじゃない」

じゃあ何がつぐないなのだろうと僕は思った。

「たとえばソファで寝っ転がってポテチを食べながらくだらないバラエティ番組を見てたとするだろ？」奥村は唐突に言った。

「ポテチ？」

「ああ、ポテチを食べてるんだ。寝っ転がって。そしてテレビを見てる。くだらないバラエティ。想像してくれ」と奥村は繰り返した。「番組が終わってCMをまたいで夜のニュースが始まって、それはたとえばどこかで震災が起きて津波が町に押し寄せてたくさん人が死んだってニュースで、家族も家もなくして泣く子供の映像が流れたとする」

うん、と僕は言った。奥村に言われたとおり、その場面を想像しながら。

「そのとき俺は、くだらないバラエティを眺めてたのとまったく同じ気持ちでソファに寝っ転がりながら平然とポテチを食べ続ける人間になりたい。もしくはその映像を見た瞬間に家を飛び出して被災地に行って泣いてる子供を見つけ出して、その見ず知らずの子が立ち直って生きていく手助けをするために自分の人生を投げ出す人間になりたい。そのどちらかに」

「その中間ていうのは、ないの？」

「中間？　中間なんてものは存在するべきじゃないんだ」と奥村は言った。「だけど実際にはそのどちらにもなれない。かわいそうだとか思いながら心を痛めてテレビをじっと見てるんだ。そして何時間かあとに風呂《ふろ》に入って温かい布団《ふとん》で寝て朝起きて朝食を食べて学校に行く。最悪だと思わないか？」

「でも奥村はかわいそうだとかやたらと口に出したりするわけじゃないでしょ。それが重要じゃないかって思うんだけど」と僕は言った。「行動に移さないなら表明すべきじゃないって僕は思ってる。でも瞬間的にそう思うのは人間だからしかたない」

「たしかにソファに寝っ転がってポテチを食べながらかわいそうなんて口にするのはもっと最悪だ。俺の母親はそういう人間だった。それも悪気なく。そんな人間は腐るほどいるが、それが自分の母親だと思うと耐えられなくなるときがあったぜ」

　奥村の目は深く暗い海の底みたいな色をしていた。でも一瞬あとにスイッチが切り替わったみたいにもとに戻った。「なんの話をしてたんだっけ」

「募金の話だよ」

「ああ、そうだ募金。生きてると自分が最悪の人間だって思う瞬間がたくさんある。そうだな……」奥村は少し考え込むように斜め下に視線をやった。「つい昨日のことだけど、エレベーターの中で明らかな全身麻痺《まひ》とわかる女の人と一緒になった。母親に車椅子を押されてた。俺はいたたまれない気持ちになったんだが、それはどれだけひどい話だ？　その人の車椅子を押したことがないし、今後も押す予定がない俺に、いたたまれなくなる資格はない。行動に移さないなら思うべきじゃないんだ。逆に言えば、何か思ったなら、必ずそれにもとづいた行動をすべきなんだ。日々いろんな場面でそういう嘘っぱちみたいな感情が体の中に溜《た》まって、胸のあたりが気持ち悪くなる。反吐《へど》が出そうになる。誰かに懺悔《ざんげ》しなきゃいけないような気分になってくる。俺はまた嘘っぱちみたいなことを思いましたって」

「……その懺悔が募金？」

「ほんとは小遣いとか自分の持ち物とかをそこらへんの川に投げ込みたくなるときがあるんだけど、それやったら妹に怒られるから募金箱を見つけたらそこに捨てることにしてるんだ。でもいま話してて自分で思ったけど結局自己満足の偽善だな。自分に酔ってる。自分を偽善的な人間だと思いたくないと考えてる時点でたぶん偽善的な人間なんだ。つぐないとか懺悔とか言ってる自分に吐き気がしてきたよ。これならかわいそうとか言いながら千円くらい募金してその足でデパートにグッチだかシャネルだかのバッグを漁《あさ》りに行くババアのほうがよっぽどまともな人間のような気がしてくるな」

奥村はいつもより早い口調でそう言って笑った。しゃべりながら顔が白くなって、本当に気分の悪そうな顔をしていた。かわいそうとか言いながら千円くらい募金してその足でデパートにグッチだかシャネルだかのバッグを漁りに行くババアには、きっと特定のモデルがいるのだろうと思った。

「奥村は、少し、考えすぎるんだと思う。思うことを罪だと思ってたらきりがないよ。誰だって少しは都合よく気持ちを切り替えないと生きていけないよ。人間なんだから」

「考えることをやめたら人間は終わりだ」と奥村は言った。「そして一貫していることが何より大事だ」

奥村の言っていることはよくわかったし、間違っているとも思わなかった。でも彼の考えは少し潔癖すぎた。余地とか隙間というものがないように思えた。

奥村にはある部分で過剰なほど真面目なところがあった。それはたぶん正義感とも言い換えられるもので、僕の父さんと、もしかしたら少し似ているのかもしれないと僕は思っていた。でも奥村には僕の父さんにはない強さや非凡さやそれにもとづいた自分なりの頑丈な理論があったし、真面目さのベクトルがどこか違うような気もしていた。

ともかくこのとき僕と晃のあいだでは、奥村という真球率百パーセントの球体にあいている穴は『雨が苦手』『ゲームが苦手』『募金をしすぎる』の三つだという結論に達した。

「三つしか穴があいてない人間がいるなんて信じられないね」

「なに馬鹿なこと言ってんだ。そもそも真球じゃない。もっとぼこぼこの歪《ゆが》んだ球だよ」

「はいはい」と晃は呆《あき》れたように言った。「よかったね、お兄ちゃん。佐野君ていう友達ができて」

「生意気言うな」と言って奥村は晃の頭をこづいた。「勉強教えてやらないぞ」

「え、やった！」

「やったじゃないだろ」

二人はとにかく仲の良い兄妹だった。

五月で、土曜日で、この日はよく晴れていた。夕方になってにわかに空が暗くなり、開けていた窓から入ってくる空気が突然甘ったるい匂いを発し始めた。空が奇妙な色をしていた。奥村は例によって急に口数が少なくなり、こめかみに手をやって体を落ち着きなく揺すり始めた。僕はソファから立ち上がった。

「長居しちゃったな。そろそろ帰るよ」

「いや、気をつかうな。もう少しゆっくりしてけよ」

奥村が僕の腕をつかんだ。その力は強く、痛みを感じるほどだった。僕がちょっと顔をしかめると、あ、悪い、と言って奥村は手を離した。

「たぶん夕立だよ」と晃は言った。「ザーッと降ってすぐやむから、佐野君それから帰ったほうがいいよ」

「わかった。もうちょっとゲームでもしてる。奥村、少し寝たほうがいいんじゃない？」

「悪い、そうする」奥村は怠《だる》そうに体を引きずって自分の部屋へ行った。

「奥村、偏頭痛、大変だね」

「うん。中学生になったくらいから、雨のとき前よりつらそう」と晃は言った。

「前はいまほどじゃなかったの？」

「……昔もちょっとつらそうだったけど、いまほどじゃない。最近は、雨のときは部屋にこもってずっと出てこない」

「そんなに？」

晃はテーブルに目を落として黙り込んでいた。外ではぽつぽつと雨が降り始めて、数秒後には無数の巨大なバケツで空から水の塊をぶちまけたような土砂降りになった。

「奥村の偏頭痛って、生まれつきなんだよね?」

晃は返事をしなかった。視線を下に向けて暗い顔をしていた。晃? と僕は呼びかけた。晃はやはり黙ったまま下を向いていたが、しばらくして小さく口を動かした。その声は雨の音でかき消されて聞こえなかった。ちがう、と言ったように見えた。

「……生まれつきじゃないの?」

晃は何も言わなかった。

「ゲーム、する?」

晃はソファに座り、僕たちはそれぞれにコントローラーを握った。晃はいつもみたいに悲鳴をあげたり叫んだりせず、黙ってコントローラーを操作した。雨の音とコントローラーの操作音と、テレビから流れるゲームの音楽だけが聞こえていた。少しして急に雨の音が小さくなり、外を見るとすでに土砂降りになる直前のぽつぽつとした雨に戻っていた。雲の隙間からかすかに日が差していた。そのうちにぽつぽつもやんだ。通り雨のようなごく短い夕立だった。

「えらい静かだな」

振り返ると奥村が部屋の入り口に立っていた。

「もう大丈夫なの?」

「ああ」とうなずいて僕の横に立った奥村はまだ少し青い顔をしていた。奥村は僕と晃を見比べて、「喧嘩《けんか》でもしたのか?」と言った。

「いや」

「静かだな」とまた言いながら、奥村は晃を見た。

晃はばつの悪そうな顔をしていた。

「晃が、何かしゃべったか?」奥村は今度は僕を見て言った。

「……何か? 奥村が心配だって話はしたけど」と僕は言った。

それから少し沈黙があった。晃は座り直すようにソファの上で何度かもぞもぞと動いた。ゲームの陽気なBGMが場違いに響いていた。

「晃、ちょっと自分の部屋行ってろ」奥村のその声には妙な迫力があった。

晃は握ったコントローラーに目を落としてしばらく動かなかったけど、晃、と奥村に言われると立ち上がり、無言で部屋から出て行った。

晃の階段を上る足音が聞こえなくなると、奥村は彼女が残したソファのへこみにゆっくり腰を下ろした。

「佐野」と奥村は言った。「晃が何か話しただろ」

「……どうしたんだよ奥村。ほんとに奥村が心配だって話しかしてないよ」

「それだけじゃないだろ。晃を見ればわかる」

「奥村の偏頭痛は生まれつきかって訊いたら急に静かになって、むしろ何もしゃべらなくなったよ」と僕は言った。

「そうか」

しばらく沈黙があった。

「同じ質問を、いま、奥村にしてもいいの?」と僕は言った。

「べつにいいが、たいしておもしろい話じゃない」

「話してくれるなら、聞きたい」

奥村がテレビを消した。ゲームのBGMが止まった。

僕は四年前に事故死した奥村の母親の話を聞くことになった。

奥村の母親は奥村を産み、すぐあとに離婚していまの奥村家の父親と結婚して、奥村が三歳になる直前に晃を産んだ。そのとき一家は石川県のある町に住んでいた。降水量の少ない松本と違って、雨の多く降る町だった。当時奥村は保育園に通っていた。

「記憶にある限り、殴られるようになったのはたぶん四歳か五歳くらいだ。晃は殴られたことはない。俺だけやられた理由は、顔に問題があったからだと俺は思ってる」

「……顔?」

「ああ。俺がちょっと成長して人間らしくなると、前の旦那《だんな》にだんだん似てくるわけだろ? それが問題だったんじゃないかと思うんだよ。あの人は完全に病気だったって前提をわかってもらったうえで聞いてほしいんだが」

奥村は母親をあの人と呼んだ。

「俺が子供用のスプーンであの人が作ったチャーハンとか食べてると、いきなり食い入るように見て来るんだ。俺の顔を。それから『なんでここにいるの?』と言ってくる」

「……どういうこと?」

「あの人は、新しい結婚生活を始めた家に前の旦那の顔をしてる俺がいることで、混乱してたんだ。その混乱を収めるために俺を殴った。子供の頃はわからなかったけど、今になってみれば、そうだとわかる。もともと精神的に安定しない人間で、子供を産んで育てたりすることに向いてなかったんだ。俺はよく殴られて鼻血を出して、鼻血を出したことでさらに母親を激高させてもっと殴られて、たいてい最後は倉庫に閉じ込められた」

「倉庫?」

「家の裏にあったんだ。中は真っ暗だから何も見えなくて、あそこに入れられたときははっきり言って死にたい気持ちになった。いつも変なにおいがして、夏は下手したら死ぬくらい暑くて、床とか壁にクモやムカデがいて、でも暗いから見えないし靴も履いてない。視覚を奪われてると皮膚の表面が常にざわざわして、虫が這《は》ってるんじゃないかと思って、最初のうちはひたすら暴れて泣き叫んでた。でもそうすると引っ張り出されてもっと殴られた。俺も学習して、そのうち母親が鍵《かぎ》を開けに来てくれるのをじっと待つようになった」

僕はクモやムカデのいる真っ暗な倉庫を想像した。想像するだけで首の後ろがぞくぞくするような、嫌な感じだった。

「倉庫に閉じ込められると、いつも雨が降った」と奥村は言った。「バチバチ音がした。プレハブみたいな倉庫だったからその音が異常にうるさいんだ。それから蒸し風呂みたいな暑さと、あの独特の甘ったるい匂いが立ち込めて、埃《ほこり》とか黴《かび》のにおいと混ざって、肌がべたべたして、頭がおかしくなりそうになる。まあ、閉じ込められるといつも雨が降るってのは、雨のときの絶望的な印象が強すぎて勝手に記憶がそういうふうに書き換えられてるだけかもしれないんだが、とにかく最悪だった」

「……偏頭痛は、それが原因？」

「どうだろうな。とにかく頭が痛くなって、まともにものを考えられなくなる。あのときの感覚がフラッシュバックする」

雨はとっくにやんでいたけど奥村の顔は青白いままだった。奥村、具合悪そうだよと僕は言った。奥村はゆっくりとした足取りで台所に行き、水を飲んだ。

「母親が倉庫の鍵を開けて家の中に入れてくれたときは、母親のことが救世主みたいに見える。さっき俺を鼻血が出るほどぶん殴ったのに、人が変わったみたいに頭を撫《な》でて、ごめんねとか言いながら抱きしめてくる。抱きしめられると化粧と汗のにおいで気分が悪くなるんだが、同時になぜか、ものすごく安心する」

奥村は部屋の隅に目をやった。壁の向こうにある何かを見ているみたいだった。うつろな瞳の奥で、何かが鈍く光る奇妙な目だった。

「信じられないかもしれないが、あの人、俺のことが大好きでもあったんだ」と奥村はその目のままで言った。「日によって大好きになったり大嫌いになったりした。俺のことを大好きなときは日に何度も抱きしめて頬ずりして、あなたは世界でいちばん大事な私の宝物と言って頭を撫でて、翌日には鼻血が出るまでぶん殴る。瞬間瞬間の感情と気持ちよさがあの人にとって真実だった。息子を抱きしめて慈しむのが気持ちいい日と、殴って絶望させるのが気持ちいい日が順番に来る。心が安定したことがなかった。俺のことだけじゃなくて生活のすべてがその調子だから、チャリティーかなんかのテレビ見て号泣して突然募金して満足した瞬間にはもう次にほしいバッグの――って、この話、前にしたな。これに関しては病気とは無関係かもしれないが、どうなんだろうな……」

奥村は下を向いて、考え込むような顔をした。

「……お父さんは、何も言わなかったの？」

「あの人は、子供に関心がないんだ」奥村はしらけ切った目で言った。「俺とは血がつながってないしな。いまだって仕事が忙しいのは本当だろうけど、どこかで新しいお母さん候補と楽しくやってるんじゃないか」

奥村はもう一杯水を飲んだ。

「俺、母親に長いあいだ大好きと大嫌いを繰り返されてきて、あの行動は、もしかしたらある意味で一つの真理みたいなものを示してるんじゃないかって思ったんだよ」

「真理？」

「ゼロから百まで円形に数字が並んでるとするだろ？　百が大好きで五十が普通でゼロが大嫌いだとする。佐野、何か適当な数字を言ってくれ」

「二十五」と僕は言った。

「二十五か。となりの数字は二十六だな。反対のとなりは二十四。二十五と二十六は限りなく近い。二十五と二十四も限りなく近い。ほぼ同じだ」と奥村は言った。「じゃあ、百のとなりは？」

「九十九」

「だけじゃないだろ。円形なんだ、端っこってのは存在しない。必ず両どなりを数字に挟まれてる」

「……ゼロ」と僕は言った。

「そう。百のとなりはゼロだ。そしてとなりあう数字は限りなく近い。ほぼ同じと言い換えることもできる。俺が言いたいことわかるか？」

「それは、変だよ」

「だけど実際に俺の母親の中で俺の存在はそうだった。この世界で最も大切で愛してるものであるのと同時にこの世界で最も傷つけてぶち壊したいものだったんだよ。日ごとにそのあいだを百とゼロの最短ルートで行き来してた」

「でもそれは変だ」と僕はもう一度言った。

「変なのは知ってる。そんなのは狂ってる。だけど俺は肌で感じたんだ。文字どおり。もちろんあんなふうになるのは、俺の母親みたいにどこかおかしい人間だけかもしれないが、場合によっては起こり得るんだ。そして俺はあの人の血を引いてる」

「奥村はべつに、奥村の母親と同じじゃないでしょ」

「そんなにこわい顔すんなよ。ただ事実を述べただけで、同じだとは言ってない。俺の母親は俺の最高の反面教師だったんだぜ。喉《のど》、渇かないか?」

奥村は今度は僕のために台所からコップに水を汲《く》んできた。僕はそれを受け取って、少しだけ飲んだ。

「お母さん、事故死だったんだよね」と僕は言った。

「交通事故。トラックにまともにはねられた。ぶつかった瞬間、死んだなって思ったよ」

「……奥村、そのとき一緒にいたの?」

「おいおい」と奥村は言った。「俺が突き飛ばして殺したとでも思ってんのか?」

「そんなわけないだろ」そう言いつつ僕の心臓は少しだけ鼓動を速めていた。

「あの人、普通に歩いてて、いきなりふらふらっと車道に出てトラックにはねられた。目撃者も多い。自殺ですらなかった。単純に限界だったんだ。精神的な限界じゃなくて機能的な限界。頭がどこか壊れてた」

「疑ってるわけじゃないって」

「だよな。悪い。変な空気になっちまったな。せっかく遊びに来てくれたのに」と奥村は言った。

「そろそろ晃を呼び戻してやるか」

「奥村」と僕は言った。「晃は、叩《たた》かれたりしたことは一度もなかったの?」

「ああ。俺のみぼこぼこにするってところだけは一貫してたな、あの人。もし晃に手を出してたら勝手に死ぬ前に俺が殺してた」と奥村は言って、それから少し間をおいて続けた。「ここまでの話でいちばんすごいのって、誰かわかるか?」

「……すごい?」

「ああ。ずばぬけてすごいやつが一人いるんだ」

「……誰? 奥村?」

「晃だよ」と奥村は言った。「物心ついたころから暴力を見せられて、父親はろくにかまってくれなくて、それなのにあんなに素直で健気《けなげ》でいい子に育ったんだ。普通ならぶっ壊れた人間になってる。まあ、ちょっと生意気だけどな。あいつは世界でいちばん幸せにならなくちゃいけないぜ」

そして奥村は晃を呼んだ。リビングにやってきた晃は、まだ暗い顔をしていた。奥村は、部屋から追い出したことを詫《わ》びるように晃の頭をぽんぽんと二回ほど優しく叩いた。

「私、何も言ってない」と晃は小さな声で言った。

「ああ、ごめんな」

晃は少し安心したように顔を上げた。僕と奥村が何の話をしていたかは訊かなかった。

それから三人でまたゲームをして遊び、三十分もすると、晃は元通りの快活で騒がしい女の子に戻った。

日が暮れきる少し前に、僕は二人に見送られて帰路についた。

自転車のブレーキが少し前に壊れたので、僕の移動手段はもっぱら徒歩だった。奥村の家から僕の家までは三十分ほどかかったけど、歩くのは苦ではなかった。

さきほど降った雨で道路は湿り、昼間の陽気が残した温かさはどこかへ消えていた。円形に並べられた百一個の数字のことを考えながら東へ向かって歩いていくと、やがて国道にぶつかる。歩道橋を使って渡るか信号を待って横断歩道を渡ろうか迷って歩道橋を選んだ。歩道橋の上から見ると、車はかなり遠くのほうまで渋滞していてろくに動いていなかった。
　川沿いに出るために国道沿いを少しだけ北上しながら、黒い中型車の助手席に目が引き寄せられた。女の子が乗っていた。運転しているのは三十代くらいの男だった。助手席の女の子は僕のクラスに去年の六月に転校してきてすぐによからぬ噂を立てられた膝小僧のきれいな父親のいない女子生徒とよく似た顔をしていた。彼女はずっと下を向いていて一度も顔を上げなかった。一瞬だけ目線がこちらを向いたような気がした。突然頭が痛みはじめた。奥村の偏頭痛がうつったのかもしれなかった。夜の冷え込みを予感させる涼しさが空気中に満ちていた。川沿いに出ないルートを選んで僕は家に帰った。

　激しい雨の日曜日をはさんで学校に行くと、朝のホームルームで通り魔事件があったと担任から伝えられた。被害者は地元の大学の男子学生で、通り魔に暴行されたのは日曜の夜ということだった。女鳥羽川沿いに住む信州大学の学生が夜中に家の近くを歩いていたところ、鉄パイプのようなものを持った男に襲撃されて肋骨《ろっこつ》や腕の骨を折った。金品はとられておらず、金目当ての犯行ではないみたいだった。通り魔はマスクとウインドブレーカーのフードで顔を隠していたため、被害者の大学生は顔を見ることもできなかったらしい。

松本でそんな物騒な事件が起きるのはめずらしかった。僕たちの中学ではしばらく放課後の部活動が禁止となり下校時刻が少し早められることになった。下校のルートにはところどころに教師が立って生徒を見守るらしかった。

何かが変な感じだった。その何かが何なのかはわからなかった。ただ頭の上に黒くてもやもやしたよくないものが広がっているような気がした。

放課後勉強クラブもしばらく活動を休止せざるを得なかった。奥村は晃と二人で帰り、僕は沖田と二人で戦争孤児の真似事もせずまっすぐ帰った。沖田は学校では悪い大人の首をはねるのに忙しそうだったし、そもそも教室ではあまりしゃべらない。帰り道で二人になってようやく話をすることができた。

「悪い大人の首をはねる仕事は順調？」

沖田はかすかにうなずいた。

国道を渡った先の川沿いへ続く道では数メートルおきに帰る方向が同じ生徒たちがわらわらと何人かの塊になって歩いていた。

「そういえば土曜日、一瞬だけ夕立来たね。でもあれって通り雨かな」

沖田は今度はかすかに首を傾けた。川原に腰を下ろしてもいないし戦争孤児の真似事もしていないからか、彼女はあまりしゃべらなかった。

「その日、奥村と遊んでたんだ」

沖田はまたかすかにうなずいた。

「沖田は土曜日、どこか出かけたりした？」

「ううん」と沖田は言った。「家にいた」

「そっか。似てる人を見たからさ。この町、沖田にそっくりな人ばかりだ」

「家にいたよ」と沖田は震える声でもう一度言った。

市川

二年の後期になって僕は少しだけまともに授業に出るようになり、専門分野の演習にも初めて出席した。有名な西洋の哲学者の著作をもとに何かを議論する演習だった。僕がその有名な西洋の哲学者について知っていることは彼がウィトゲンシュタインという尖《とが》った城みたいな名前を持っているということだけだった。どこの国の人なのかも知らなかった。響きからいっておそらくドイツ人だろうと思っていた。

初回は簡単な自己紹介と発表の順番決めで終わった。全部で十三人いて、六年生と五年生がそれぞれ二人ずつ、四年生と三年生と二年生がそれぞれ三人ずつだった。

二週目から発表と議論が始まった。三年生の人が発表をした。発表が終わると半分くらいの人がみずから挙手をした。演劇サークルに所属しているという男が生き生きとした若葉のような顔と明瞭《めいりょう》な発音で質問し、別の誰かが獲物を見つけた鷹《たか》みたいな目をもったいぶった口調で意見を言った。どれくらい発表者を困らせられるかを競い合っているみたいな人が三人ほどいた。残りの半分はあまり積極的ではなかったけれど草食動物みたいな慎重な顔で発表や議論の流れを見定めながら、教授に発言を求められると的確（かどうかは僕にはわからなかったけど、教授やほかの学生の反応からそうだとわかった）な意見を言った。僕は彼らの言っていることを一つも理解することができなかった。努力を怠っているからではなくて、興味を持てないからだった。そもその能力が彼らより著しく劣っているという可能性もあった。でも能力とは興味に応じて発揮されるものだから、僕がもしもそこにいる誰より秀才だったとしても結果は同じだろうと思った。僕も一度だけ教授に意見を求められて何かを答えた。教授は「ありがとう」とだけ言ってそこから先の時間、僕をいないものとみなした。

その演習に何回か出席して僕が学んだことは二つあった。一つ目は、いくつかのパターンがあるにせよ自分の意見の鋭さに自信を持っている人間には、ある程度共通した顔や声やしゃべり方が存在するのだということ。二つ目は、自分は圧倒的に学問に向かない人間だということだった。

後者は入学当初から薄々気づいていたことではあったけど、ここにきて決定的になった。場違いだと思った。学問を探究する場所に学問に向かない人間がいるべきではなかった。では僕は何に向いているのだろう。どこにいれば場違いにならずにすむのだろう？

広崎のように何か武器があればと思った。でも武器は簡単には獲得できないから武器なのであって、彼は大学に入学してからこちら、それを地道な努力で手にしていまも磨いていた。

僕は演習やいくつかの授業に出る合間を縫って、去年の夏休みにやっていた、深夜の小売店で商品の数を数えるアルバイトを週に一回か二回やるようになった。交通量調査やティッシュ配りやポスティングもした。興味の持てない学問の場に身を置き、ろうそくや靴下やビスケットや紙オムツや竹ぼうきや車の数を数え、ティッシュやチラシやフリーペーパーを人々に配って家に帰って寝る。そうしてありもしないエネルギーをバラバラの方向に費やした。

広崎の部屋を訪ねる頻度は夏あたりから少しずつ減って、最近はしばらく行っていなかった。彼はほとんど学校に顔を出さなくなっていたので僕が部屋を訪ねていかないと、まず会うことがなかった。ここ最近は彼のステージも見送っていた。毎回吉岡から一緒に見に行こうという誘いがあったがバイトが入っていたので断った。彼女は心細いと言いながらもちゃんと一人で見に行っているみたいだった。

広崎の部屋に行かないぶん家で過ごす時間は増えていた。でもそのほとんどは睡眠に費やされた。家族とはろくにコミュニケーションをとらなかった。高校三年のときに新しい父親が家に来て、もう三年目になっていた。だけど僕はその人との話し方をいまだに知らなかった。

新たな夫婦生活を始めた二人にとって僕はおそらく邪魔者でしかなかった。もちろん母親も、新しい父親もそんなことは言わなかったし、僕を邪険にするような態度も取らなかった。でも僕はいつも実の父親が学生の頃に着ていた何枚かのシャツを好んで着たし、僕の存在はたぶん、この家で死んだその人の気配や匂いを二人に直接的に感じさせるものだった。僕が何年間か家を空けて、姿を見せなければ、ある空間の空気が一定の時間ですべて入れ替わるように、この家に固くこびりついた父親の死の気配は完全にではなくてもあらかた消えて、新たな夫婦が新たな生活を始められるはずだった。僕さえいなければそれが可能だった。でもそんなことを気に病むなら、僕はなぜ松本から出て行かなかったのか。それについてはもう何度も考えていた。

僕は松本の空気を吸い続けなければいけないと思っていた。父親の死んだこの家の空気も吸い続けなければいけないと思っていた。それをまた吐き出して、この家に父親の存在を残し続けなければいけないと思っていた。いなくなった人を忘れて新たな場所に立っていいはずがないと思っていた。

色あせた古いシャツからはいつも過去の匂いがした。

実際には触れたことのない父さんの骨の冷たさを思い出させる匂いだ。

父さんは僕に、どんな大人になることを望んでいたのだろう。

だけど死んだ人間からその答えを聞くことなどできるはずもない。


年が明けて後期の授業も佳境の一月中旬、もう、二か月近く広崎を見ていないなと思っているときに、カレー屋のカウンター席でたまたま彼に会った。おお、久しぶりだな、と広崎は言った。彼はイエローカリーを食べていた。青いニット帽をかぶってねずみ色の分厚いフリースを着ていた。どちらも見たことのないアイテムだった。僕はとなりに座ってブラックカリーを注文した。

久しぶりに見てみると、広崎の体が入学当初より一回り大きくなっていることにいまさら気がついた。彼はもともと筋肉質だったが、引っ越し業者のアルバイトによって上半身がより分厚くなっていた。

「その帽子、あったかそうだね」

「アパートの大家さんが餞別《せんべつ》にくれたんだ。これも」広崎はフリースの裾《すそ》のあたりを引っ張りながら言った。

「餞別?」

「部屋を変えようと思ってるんだ。となりの人にいい加減申し訳なくなってきた。三月いっぱいで引っ越すと大家さんに言ったら、その場で『寒そうな恰好《かっこう》して』と言って旦那《だんな》さんのをくれた。まだあと二か月住むのに、早すぎるが」と広崎は笑った。

「今度はせっかくなら玄関のドアが風でカタカタ鳴らないところがいいな」

市川が住むわけじゃないだろ、と広崎がめずらしくつっこみのようなものをしたので僕は笑った。

「成人式は出たか?」

「いや」

秋に届いた案内で成人式のことを思い出したが、それを眺めるうちに行く気が失《う》せ、結局僕は成人式には行かなかった。何百人かの成人を前に袴《はかま》姿の金髪の若者が騒ぎを起こすところを見ることができなかったのは残念だったが、見てもそんなに楽しいものではなかっただろう。そもそもそんな人たちはいなかったかもしれない。

広崎は? と訊《たず》ねると、俺は行った、と彼は答えた。

「最近、広崎の歌を聴きに行けてないな」

「忙しいのか?」

「ちょっと授業出たり、バイトしたりしてる」

そうか、と広崎は言った。

「大学のほうは、大丈夫？」と僕は言った。僕が言えたことではないけど、しかしこのときに限っては僕のほうがまともに大学に行っていた。

「うん」と広崎は言った。「少し、考えたいな」

「休学とか？」

「それもありだ」

広崎は少し前から、ちょっとしたファンのようなものを獲得し始めていた。僕が最後にライブを見に行ったときには（たしか十月の中旬だった）、彼は出番が終わったあとに何人かの客に話しかけられていた。ほかの出演者やライブハウスの人間と何かしら音楽について話し込んでいる姿も見かけていた。意味のない連帯意識で馴《な》れ合いのコミュニティを形成して居場所を確保しようとする人たちを広崎は敬遠していた。彼が不器用ながらも積極的に関わろうとしている人たちは、たぶん本当に広崎の音楽を聴いて、少なからずそれを評価している人間なのだろう。広崎にそうした仲間ができつつあることを僕は喜ばしく思っていた。

僕は広崎のことを個人的なレベルで知っていて、だから僕は彼の音楽に心を打たれるのだと考えていた。もちろんそれもひとつの真実であるはずだが、何より広崎の音楽そのものに、何かしら人の心に訴えかける力があるのだろうと思った。

「吉岡とは、最近は会ってないのか？」と広崎は言った。

「うん。たまに学内で見かけるくらい」

そうか、と広崎はいつもの返事をした。

「どう？　吉岡に、何か……なんていうんだろ、アプローチみたいなことしてる？」

「いや」と広崎は言った。「どうすればいいかわからないんだ」

「積極性が大事ってよく聞くけど。毎回、聴きに来てくれてるんでしょ？」

「そうなんだが、小学生のときから野球しかしてこなかったからな」

「叩《たた》かないと壁は壊れないし、世界に風穴はあかない」

広崎はスプーンを動かすのをやめて不思議そうに僕の顔を見た。「誰かの格言か？」

「初めて広崎をライブハウスで見たときに最初に出たバンドの人がそんなようなことを言ってた」

「ああ」広崎は笑った。「どこかで聞いたと思ったんだ。あの人はいつも同じことを言ってる」

僕たちは会計を済ませて店を出た。

「久しぶりにビールでも飲まないか？」と広崎は言った。

「いいね。でも悪い。今夜はバイトが入ってるんだ」

「じゃあ来週にしよう」

「ちょうど一週間後でいい？　夕方から」

「ああ、ビールを買っとく」

「赤いラベルのやつでお願い。いい音楽ができそうな気がするから」と僕は笑いながら言った。

僕たちはめずらしく酒を飲む約束をした。わざわざそんな約束をするのは初めてかもしれなかった。

授業に出てバイトをするというまっとうな学生のような生活を送っていた期間、毎日あれだけ密着して、まるで体の一部のように使いこなしていた図書館のソファに僕はろくに座っていなかった。最後に触れたのは二か月近く前かもしれなかった。広崎と話をしたあとで、突然あの張りのない古い革の感触が無性に恋しくなって僕は図書館へ向かった。

期末試験やレポートの提出期限が迫っていたので図書館は混んでいた。資料閲覧用の机では学生たちが何枚もレジュメを広げて本を片手に勉強していた。ソファには誰も座っていなかった。広崎は少し見ないあいだに青いニット帽と灰色のフリースを手に入れていた。一方のソファは新しいアイテムを一つも手に入れておらず、色や形や大きさも変わっておらず、旧態依然としてそこにあった。誰も拒まずただそこにあり続けるのがそのソファに与えられた唯一の役目だった。

明確な唯一の役目を持っていることをうらやましく思いながら、荷物から財布だけ取りだして胸に抱え、靴を脱いでそこに横になった。右耳を下にして、背もたれのほうに顔を向けた。そして久しぶりに古い革の匂いのするまどろみの中に落ちた。でも夢も見ずに三十分ほどで目覚めてしまった。それから病弱で性格の悪いエキセントリックな美しい女の子が出てくる本を読んだ。それを読むのはたぶん四回目くらいで、誰かに借りられていることはいままでに一度もなかった。三分の一くらい読んだところで唐突にソファが沈み込むのを感じた。吉岡がとなりに座っていた。

「最近、どうしてたの」と吉岡は言った。声のトーンがどことなく平坦《へいたん》だった。

「ああ、久しぶり」

「……久しぶりって」

僕と吉岡が会うのはだいたい広崎の家か広崎の歌を聴きにいくときか、そうでなければこのソファだった。このソファにいると吉岡がやってきて、よく一緒に昼食をとったり、歩きながら話をしたりした。広崎ともソファとも離れていた期間は吉岡とろくに話をしていなかった。

僕は本を閉じた。「尖った城みたいな名前の人が書いたものを読んだり、いろんなものを数えたり、いろんなものを配ったりしてた」

「なにそれ」

「演習に出たりバイトしたりしてたんだよ」

「市川らしくない。どうしたの急に」

「どうしたってこともない。学生が授業を受けてバイトするのは普通のことでしょ」

「ちょっと外に出ない？」

「いま本読んでるところ」

「それ、もう何回も読んでるくせに」

「そうだけど、また読みたい気分なんだ。それにいまは冬だし、外は寒いし――」

「私のこと、避けてる？」

自習室へ向かって僕たちの前を通り過ぎた人が僕たちのことを振り返って見ていた。

「まさか」と僕は言った。「かなり寒いけど、久しぶりに外で散歩でもしよう」

図書館を出ると、吉岡はチャップリンの喫茶店まで歩きたいと言った。

「この寒いのに？」

「あの店のコーヒーが飲みたい」と吉岡は言った。

僕たちは大学からチャップリンの喫茶店へ向かって坂を南下した。空気がぴんと張りつめて、手や耳が切れそうな寒さだった。山には真っ白な雪が積もっていた。吉岡の息も僕の息も白かった。車の往来はあまりなかった。上空の電線が、やはりうんていのようだった。

「……なんで急に授業に出たりバイトしたりしてるの？」

「心を入れ替えて真面目に学生をやることにしたんだ」

吉岡はしばらく返事をしなかった。乾いた空気に僕たちの足音が響いていた。

「市川は、あんまり自分のことしゃべってくれないね」

「しゃべるほどのことがないからだよ」

「私が自分のことを話しても、市川は自分の大事な部分は話してくれない。いまだって、何か隠してる」

「急にどうしたんだよ。吉岡、なんか変だ。体調悪いんじゃない？　コーヒー飲むより家で休んだほうが――」

「なんで逃げるの？」吉岡は僕がしゃべるのをさえぎって言った。

「逃げる？　逃げるってなに？」

「……ごめん」吉岡の声が急に小さくなった。「私、やっぱり、めんどくさいよね」

冷たい風が吹いていた。手がかじかんで痛かった。僕はポケットに手を突っ込んで足を速めた。

「そうじゃないよ。ただ忙しかっただけなんだって」

「避けるくらいなら、はっきり言ってほしい」

「違うって言ってるだろ。……吉岡、もしかして僕と喧嘩《けんか》したいの？」

「そんなわけないじゃん、馬鹿」吉岡は立ち止まった。「ただ、話したいだけだよ」

そして下を向いて声も出さず泣き始めた。僕はどうすればいいかわからなくなった。

「ちょっと、落ち着こう。どこか座れるところ……」

周りを見回したけど、道路の斜め向かいにコンビニがあるだけで座れるところなんかなかった。

それにたとえベンチがあったとしてもこの寒さでは泣き止《や》むものも泣き止むはずがなかった。

「わかった、とりあえず、暖かいところに行こう」

吉岡は下を向いたままで、反応しなかった。

「ちょっと歩くけど、予定どおりあの喫茶店まで行こう。そこでコーヒーを飲もう」

歩き出してみると、吉岡はちゃんとついてきた。

十五分ほどで喫茶店についた。体は冷え切っていた。店内は暖房がきいていた。チャップリンはちゃんと海苔《のり》みたいな口ひげを生やしてコミカルな動きをしていた。

僕たちは一階の奥の席に向かい合って座った。僕がコーヒーとカフェオレを頼んだ。コンビニの前で立ち止まって泣き出してから座るまで吉岡はひとこともしゃべらなかった。コーヒーが運ばれると彼女は二十秒くらいカップを見つめて一口飲んだ。

「人のいれたコーヒー飲むの久しぶり？」

「……うん」と吉岡は言った。

それからまた無言が続いた。僕は何を話せばいいのかわからなくて、黙っていた。しばらく待つと吉岡が口を開いた。

「市川と話がしたかった」

僕はコーヒーカップに目を落とす吉岡を見ていた。

吉岡は長い間をとってもう一口コーヒーを飲み、潜水の選手がスタートする前みたいにすうっと息を吸い込んだ。目は赤かったけど、もう泣いてはいなかった。

「市川と話してると、楽しくて、安心できて、いつもちょっと楽になって、おおげさかもしれないけど、救われてるって感じがした。私は弱い人間だから、何かを頼りにしないと立っていられなくて、それはこの人かもって、いつもとなりにいながら感じてた」

そこで一度吉岡は止まった。そしてコーヒーカップに手をかけ、でも口には運ばずに思い直したように手を離し、何かを覚悟したみたいな顔をした。そしてまた息を吸った。今度の言葉はさっきより短かった。

「ずっと市川に会いたくて苦しかった。私が何を言いたいか、わかる?」

吉岡は僕の顔をじっと見つめた。

僕と吉岡と広崎はチョコレートを三等分した友達同士だ。僕は去年の夏に広崎に吉岡への思いを打ち明けられて、応援するよと答えた。その言葉は本心からのものだった。ひとつだけ問題があるとすれば僕も吉岡に惹《ひ》かれていたということで、吉岡と時間を共有すればするほどもっと強く惹かれるに違いないということがあの時点でわかっていたということだ。でもそれは僕の問題であって、僕たちの問題ではなかった。僕の答えはあのときにはすでに決まっていた。吉岡が寄りかかるべき、自分自身の強さや意志に依拠して生きていける人間は、僕じゃない。

「吉岡の言ってることはよくわかった。ちょっと忙しかったから吉岡と話したりする時間が取れなかったけど、吉岡と話をするのは僕もすごく好きだ。友達としてこれからもたまに会って話せればいいと思う」

吉岡は黙って僕の顔を見ていた。その顔からはどんな感情も読み取れなかった。彼女は静かに立ち上がった。「ありがとう。市川、やっぱりすごく優しいんだね」

そして財布から千円札を一枚引っ張り出すとテーブルに置いて店から出ていった。

コーヒーは半分も減っていなかった。

*

広崎との約束の日は細かい雪が降っていた。彼の、あと二か月ほどで立ち去ることになるあまりきれいとは言えないアパートの屋根には薄く雪が積もって、寒々しかった。そして実際に寒かった。僕たちは小さな電気ストーブを頼りに寒さに震えながらよく冷えたバドワイザーを飲んだ。

「あとで気づいたんだが、もしかして試験期間じゃないか？」

「そうだけど全然大丈夫。そんなにしゃかりきにならなきゃいけないほどじゃない」

「ならよかった」

広崎はノートパソコンを小さなスピーカーにつないで音楽をかけた。はっぴいえんど。街とか路地とか風とか空とか煙草とか珈琲《コーヒー》とかいった言葉が出てくる音楽。それを聴きながら、なんて素晴らしいバンド名だろうといまさらながら僕は思い直した。

僕たちは好きなタイミングで話をしたり黙り込んだりした。音楽だけがずっと流れ続けていた。ビールを飲むペースが少しだけ速くなったのを別にすれば、初めてはっぴいえんどを聴いた頃に戻ったみたいだった。やっぱり広崎と僕とは波長が合うのだと思った。

それぞれ三本ずつ飲んだところで、広崎が言った。「ちょっと、腹を割って話そう」

「もちろん。いつも腹を割って話してるつもりだけど、今日はとくに腹を割って話そう。久しぶりなんだし」

そして広崎は単刀直入に言った。「市川、本当は、吉岡のことが好きなんじゃないのか?」

「……おいおい」と僕は言った。「いまさら何言ってるんだよ」

小さな電気ストーブではちっとも体が温まらず、指先がずっと冷たかった。僕はハエのように何度も手をこすり合わせた。

「これはとても重要なことだ。俺は市川に本当のことを言ってほしい。俺に気をつかって身を引こうとしてるんじゃないのか? 吉岡のことを、本当にただの友達だと思ってるのか?」広崎は胡坐《あぐら》をかいた脚の上で拳《こぶし》を握って言った。その目は僕がいままでに見たことのない、攻撃性すら宿した目だった。初めてはっぴいえんどを聴いたときから、百年ぶんくらい遠くに来てしまったような気がした。

「俺は友達に、嘘はつかれたくない」

「そんなに言うなら、本当に腹を割って話すよ」と僕は言った。「僕は吉岡のことが好きだ。友達として」

広崎はじっと黙って僕の顔を見ていた。音楽が流れていた。僕は目をそらさなかった。曲が終わった。ちょうどアルバムの最後の曲だった。長い沈黙があった。

「そうか」と広崎は言った。その目から攻撃性は消えていた。「ならいいんだ。悪い。どうしても、それだけ気になってたんだ」

「広崎は律儀な男だ」と僕は言った。「広崎くらいいい男はほかにはいない」

「そういう言葉は、俺がふられたときのためにとっておいてくれ」と言って広崎は笑った。

「そんなに弱気になる必要はないと思う」

いつ告白するのかと僕は訊ねた。

「春休み明けにでもと思ってる」と広崎は言った。「吉岡は実家に帰省するだろうから、答えがどうであれ、いきなり二か月近く顔を合わせないというのも少しやりにくい」

「まあ、たしかにそうかな」

僕は広崎に『消費税』と『新しい言葉』をリクエストした。僕が最も好きな二曲だった。広崎は指でやさしく弦をはじき、つぶやくように歌った。しゃべり声より小さな、細いろうそくの火みたいな音量だった。それは僕の胸にいままでいちばん強く迫ってきた。広崎は音楽という生肉の中心に向かって、順調に奥へ奥へと掘り進んでいるみたいだった。僕は広崎の歌に輪をかけて小さな拍手をした。それからもう一本ビールを飲んで、春休みは帰省するのかと広崎に訊ねた。

「そうだな。正月も帰らなかったし、久しぶりにちょっと帰ろうかと思ってる」

「そうか。じゃあ次に会うのは四月かな。暖かくなったらまたビールを飲もう」

「ああ」と広崎は言った。

夜中の二時ごろになって僕は広崎の家を出た。広崎はわざわざ外階段の下まで見送ってくれた。

「寒いぞ。寝てってもかまわないが」

「いや、なんとなく極寒の暗闇を歩きたい気分だ」

「そうか」と広崎は笑った。「気をつけろよ」

「うん。じゃあまた四月に」

歩き出して十秒ほどで、市川、と呼び止められた。僕は振り向いた。

「俺は壁を叩いて世界に風穴をあけようと思う」広崎はフリースのポケットに手を突っ込んだまま言った。

受け売りの受け売りじゃん、と言うと広崎は笑った。

「しかもちょっとずつ省略されたりアレンジされたりしてる。でも、健闘を祈る」

「市川」と広崎は言った。「ありがとう」

「そんな正面から感謝されると照れるよ」

僕は極寒の暗闇を歩き出した。今度は呼び止められなかった。
これが僕と広崎が交わした最後の会話になった。

佐野

六月に入って梅雨が訪れ奥村は学校を休みがちになった。

沖田とは前のようにうまくしゃべることができなくなってしまった。竜の話もしなかった。どこまでも転がって永遠に終わることがないように思えた会話は、すぐ足元に落ちた野球ボールみたいにどこにも転がっていかなくなった。僕たちは自然に川原へ続く階段に座ることもなくなったし、橋の下の暗がりで戦争孤児になることもなくなった。残党兵から僕たちを匿《かくま》っていた草だけは日に日に生長して青々と茂り続け、二人分の空白を周囲から隠していた。

どちらに原因があるのかはわからなかった。僕は沖田に対してどのような感情を抱いているのか自分でうまく把握することができなかった。授業中、彼女がとなりにいるだけで心臓に無数の細かな針が刺さるような胸の痛みを僕は感じた。ときおり国道の黒い中型車が脳裏にちらついた。お互いに少しずつ開きかけていたドアが、突然吹いた強い風で容赦なくぱたんと閉じられてしまったみたいだった。もう一度ドアを開けてなんとか風の中を歩いて向こう側のドアに手をかけられるほど、僕の心は頑丈にできていなかった。そんなことをすればもっと強い胸の痛みを感じることになるということがわかっていた。

梅雨に入る前、五月の町は常に明るくて、奥村はいろいろなことに意欲的だった。通り魔事件が起きて一週間ほど部活が禁止になっていたが、それが明けるとすぐに放課後勉強クラブの部長として盛んに勉強をしていた。学校では沖田によく声をかけていた。でも沖田はやはり奥村に心を開いているとは言い難かった。むしろ徐々に心を閉ざしているように見えた。そして奥村はそのことで確実に傷ついているように見えた。僕に気取られないように気をつけてはいたけど、目に浮かぶ色だけは奥村でもコントロールできないようだった。むしろ奥村の目は人より正直だった。

娘のように溺愛《できあい》する妹と同じ顔をしている女の子に心を開いてもらえないことのつらさというものを、妹のいない僕には克明に想像することはできなかった。ただ相変わらず晃と沖田が同じ顔をしているという客観的な事実は奥村の主観というフィルターを通すと事実ではなくなるようで、それは本当にそうなのか、あるいは奥村が冗談を言っているだけなのかわからなかった。

奥村の家にはやはりよく遊びに行っていた。放課後勉強クラブの活動場所は奥村の家になりつつあった。第二副部長はもうずっと活動に参加していなかった。

「最近、沖田さん、あんまり元気ないな」と奥村は言った。

「そうかな?」

「前にもましておとなしくなったぜ」

「前と、あんまり変わらない気がするけど」

「佐野はずっととなりの席だけど、あまりしゃべらないのか？」

「うん」

奥村は僕と二人で話している最中、ときおり妙な目をすることがあった。僕には見えない何かを見ているみたいな目だった。そういうときの奥村は、医者でも弁護士でもない、独創的な方法でたくさんの人々を救う将来の夢をよく語った。

「たまに空に穴があいてるよな。ああいうところから宇宙が流れ込んできたりしないのかって不安になるぜ。もし流れ込んできたら、みんなパニックになって心が荒《すさ》んで戦争が多発する。将来は大工になろうかな。水色の板を持ってって、釘《くぎ》を打って穴をふさぐんだ。そうすれば地球は丸くおさまるし、ちゃんと正常にまわる」

「大工になって空の穴をふさぐのは反対しないけど、地球はもともと丸いし、まわってるよ」

「俺が言ってるのは地球の形とか自転のことじゃなくて、世界が平和に機能するってことだよ」

「うん、知ってる。冗談のつもりで言ったんだ」

奥村は切れ長の目を丸くした。「前から思ってたけど、佐野って俺より全然賢いんだよな」

彼は僕のことをよくほめた。だけど賢いのは断然奥村のほうで、僕にはたまに空にあいているという穴も見えなかった。

梅雨になると彼は学校を休みがちになった。僕は学校の廊下で晃を見かけて奥村の様子を訊《たず》ねた。見舞いにでも行こうかと言うと晃は首を振った。「ずっとベッドでじっとして、部屋に入ろうとすると怒られる。話す元気もないみたい」

でも奥村は雨がやむとちゃんと学校に来た。降ってはいなくても、冷房のない教室は蒸し風呂《ぶろ》みたいにべたべたして、奥村は気分がよくなさそうだった。頭の芯《しん》を痺《しび》れさせながら何か大事なことを考えているときみたいな目を常にしていた。どこか深いところに沈んでいきそうな気配があった。それでも奥村は休み時間にはできるだけ沖田に話しかけていた。そのときだけ無理やりに朗らかな表情を作っていた。沖田の反応は以前にまして薄くなって、体が引けているようにも見えた。奥村に話しかけられたときの沖田の体の向きは拒絶を示していた。やはり奥村の目には悲しみが浮かんでいた。奥村が沖田に何を求めているのか僕にはわからなかった。そして沖田がどうして少しも奥村に歩み寄ろうとしないのかも僕にはわからなかった。

沖田が僕にだけ心を開いてくれていることに以前は少しだけ優越感を抱いていて、優越感を抱いていることに罪悪感を抱いていたけど、いまは前とは状況が変わっていた。沖田の存在を僕の中でどんなふうにとらえればいいのかがわからなくなっていた。もっと言えば、僕たち三人の関係性をどういうふうにとらえればいいのかもわからなくなっていた。もしかしたら最初からわかっていなかったのかもしれなかった。となりにいながら、僕はもうずっと沖田の顔をまともに見ていなかった。でもとなりにいていつも彼女の悲しみを感じていた。

休み時間はいつも席を外して廊下に出るようになった。登場人物が全員最初からひどいけがを負っていて、意思の疎通もろくにできなくて、少しずつ消耗していくという筋書きの、希望のない映画を観ているみたいな気分だった。

六月の二週目の木曜に二件目の通り魔事件が報道された。被害者は三十代の会社員ということだった。前とパターンは同じで、被害者は夜遅く会社帰りに自宅近くで鉄パイプのようなものを持った男に襲撃されて、鎖骨や顔面など何か所かの骨を折る大けがをした。金品はやはりとられていなかった。

一件目のときはそこまでではなかったが、連続通り魔事件になったことから学校ではこの話題が盛り上がりを見せていた。となりの学区では下半身を露出する模範的な変質者が小学生の女の子に声をかけていたし、どうしてこんなに胸糞《むなくそ》悪いことばかりあるのだろうと思った。

奥村は火曜から四日連続で学校を休んだ。金曜の昼休みに僕たちの教室に晃がやってきた。僕は教室の隅のほうに立って、クラスメイトと時間つぶしの会話をしていた。ここしばらく、休み時間は自分の席を離れてクラスの誰かと話をしたり図書館に行ってぼうっとしたりして時間をつぶしていた。

僕はしばらく晃が教室の入り口にいることに気がつかなかった。教室がざわしているので何かと思って無駄話をやめて周りを見た。みんな、教室の入り口から中を不安げに覗《のぞ》く晃と、自分の席でひたすらノートにシャープペンシルを走らせる沖田を交互に見比べていた。

学校では僕たちのクラスに限らず奥村の妹が沖田にとても似ていることはよく知られていた。奥村はこの学校で最も見栄えも頭もいいし、そのうえ運動もできる男として有名でいつも注目を集めていたから、自然とその妹も関心を向けられていた。奥村の妹と沖田は腹違いの姉妹だと言っておもしろがる生徒がたくさんいた。僕だって、おもしろがってはいないけどその可能性を一度は考えたことがあるのだからそれは自然なことだった。奥村の沖田に対する態度がそれに拍車をかけた。奥村と沖田と晃は複雑な関係のきょうだいだというストーリーが、いろいろな尾ひれ付きでささやかれていた。僕だけが、沖田と晃に血のつながりなどなくて、奇跡的な確率で瓜《うり》二《ふた》つの人間が同時に同じ学校に存在しているだけだと知っていた。

晃は僕を見つけると手招きした。僕は廊下に出た。「晃、どうしたの？」

「三年生の教室来るの初めてで、緊張しちゃった」と晃は言った。「明日、うちに遊びにこれる？」

「明日？」

「佐野君を誘ってこいって今朝言われたの」

「……でももう四日も休んでるんだし、かなり具合悪いんじゃないの？」

「天気予報だと明日は晴れだから大丈夫だと思う。お兄ちゃん佐野君のこと大好きだから、しばらく話してないと話したくなるんだよ。唯一の友達だし」

僕はその場でいいよと返事した。「二時くらいでいい？」

「やった。私、部活終わるの一時なんだ」と晃は言った。晃はテニス部に入っていた。

「通り魔出てるのに部活なんかあるの？」

「だって真っ昼間だもん。放課後はしばらくなくなるけど。明日は佐野君にゲームの相手してもらおう」

そのあとに教室から何人かの男子が出てきて、奥村の妹？　と言った。晃は、はい、と返事した。

「ちょっと来てちょっと来て」

彼らは晃を教室の中へ引っ張っていくと、沖田のとなりに連れていった。そして歓声のようなものをあげた。晃は困ったような顔をしていた。苦笑いを浮かべて沖田のほうを少しだけ見て、沖田のほうもノートから少しだけ顔を上げ、晃を見上げた。沖田は暗闇で帰り道がわからなくなって途方に暮れる子供のような顔をしていた。暗闇で帰り道がわからなくなって途方に暮れる子供を見つけて心配しているような顔にも見えた。それからちらっと僕のほうを見て、何か言いたそうにしたけれど何も言わずに下を向いた。

「二人とも、困ってるよ」と言うと、彼らは晃を解放してばつの悪そうな顔で「ああ」と「おう」と「うん」の中間くらいの声を出した。僕があとで奥村に報告でもするのではないかと思っているのだろう。彼らは、もしも奥村がいればこんなことはしないに違いなかった。

僕は晃と一緒に廊下に出て、「じゃあ、明日行くよ」と言った。


晃の言ったとおり翌日はよく晴れた。もう十日前からずっと晴れているみたいな顔をした無遠慮な明るさの日だった。日差しが強く、歩くには少し暑かった。

薄い長袖《そで》のTシャツの袖を肘《ひじ》までまくり上げて歩き、学校の裏まで来ると(奥村の家に行くには中学の裏側の道路を通過しなければいけなかった)、そこで晃に会った。ジャージ姿でテニスのラケットをぶら下げていた。ちょうど部活が終わったところのようだった。「あ、佐野君ナイスタイミング」と晃は言った。何人かのテニス部員もいて、「じゃあねアキラ」と言い彼女たちはそれぞれに帰っていった。

「三十分も部活が延びた」と晃は言った。「お腹減ったー」

僕は晃と一緒に歩き出した。

「いつになったら基礎体力作り終わるんだろ。ラケット握ってる時間ほとんどないんだよ」

それから晃は十分くらい一人でしゃべっていた。部活のことやクラスの友達のことや最近見たテレビのことや勉強は好きじゃないけど中学生になって英語があるのはうれしい、など。

晃の、次々と話題が変わる脈絡のないおしゃべりには、自分の話を聞いてくれる人がいるという状況に対する慣れと安心のようなものがにじみ出ていた。きっと家では昔からこんなふうにいろんなことをしゃべりちらして、奥村が本でも読みながら聞いてあげていたのだろう。そんな二人の姿を僕は簡単に想像することができた。そしてここ数日、それができないから、いま僕にこうしてしゃべっているのだろう。

晃は沖田と顔が似ているとはいっても表情の作り方も声もしゃべり方も性格も違う。当たり前だけどまったく別の人間だった。それでもふと横顔を見ると沖田のとなりにいるような気持ちになった。その錯覚は無条件に僕の胸を揺さぶり痛ませた。

ひととおり話し終えると晃は、「ほんとに似てるんだね」と言った。「遠目から見たことはあったけど、あんなに似てるとは思わなかった」

晃のほうも自分に似ている三年生の存在は知っていたし、入学して最初の一か月は学校でよく、姉妹なのかと訊《き》かれたらしかった。

「お兄ちゃんは全然似てないって言うんだけどさ。おまえのほうがずっとかわいい、だって。バカだよね。私だって同じ顔だなと思うのに。兄バカ」

「どっちかっていうと親バカじゃないかな」と僕が言うと晃は笑った。

「お兄ちゃんと、あの、沖田さんは、仲はいいの？」

「うん、まあ、そうかな」と僕は言った。


奥村は半袖の無地の白いTシャツと色の濃いジーンズに裸足《はだし》という恰好《かっこう》でソファに座って本を読みながら僕たちを待っていた。留学経験のある育ちのいい十七歳の少年のラフな休日みたいだと僕は思った。でも実際には母親に殴られて育った考えすぎる頭のいい十五歳の少年の、四日間の頭痛を乗り越えたあとの休日だった。

「おお、久しぶり」

「うん。調子はどう？　ほんとに遊びに来ていいのかわからなかったんだけど」

「いやいや、ずっと家にいて退屈してたんだ。そろそろ佐野としゃべらないと死ぬところだった。とりあえず座れよ」

僕はソファに腰を下ろした。

「シャワー浴びてこよーっと」と晃は言った。「佐野君、覗かないでね」

「馬鹿言ってないで早く行ってこい」奥村は笑いながら言って、冷蔵庫から麦茶を取り出しコップについで僕に渡した。晃は「はーい」と返事をして風呂場へ行った。

「ありがとう」僕は麦茶を一口飲んだ。「なんか、唐突にすごい晴れたね」

「ああ、今日も雨だったら死んでた。なんで梅雨なんてあるんだろうな」

「どこか、梅雨のないところなかったっけ」

「……北海道と小笠原《おがさわら》諸島だったかな。でも松本は年間通して降水量が少ない町なんだぜ。晴れの日も多い。俺のための町だな。梅雨さえ乗り越えられればなんとかなる」

「ずっと家で寝てたの?」

「ああ。頭が痛み始めると何もできないんだ。痛いっていうより、うるさいんだよ。最初は雨の音が何倍にも増幅されて聞こえるだけなんだけど、そのうち頭の中で降ってるみたいになる」と奥村は言った。「でもいきなりぴたりと無音になって、すごく頭が冴《さ》えてくるときがある。だけどそこで記憶が途切れて、気づくと部屋の椅子に座ってスタンドライトだけつけて読みかけの本を読んでたりする。時計見ると二時間くらいたってる」

「意識ないのに読んでるってこと?」

「そういうことになるのかな。進んだページを読み返してみると、内容は覚えてる」

「それ、何度か読んだことがある本なんじゃないの?」

「いや、初めて読んだ本なんだ。おかしいよな。だから、意識はないけど、そのときに得た情報はちゃんと覚えてるんだ。本を手に取ったり電気をつけたりした瞬間のことは覚えてないから、記憶だけあるってのとも違う」

「変だね、それ」

「頭の中の大事な線みたいなのを雨が細かくぶつぶつ切ってるんだよ」と奥村は言った。

そのうちに濡《ぬ》れた髪の毛をタオルで拭《ふ》きながら晃がやってきた。灰色のTシャツを着てタイトな白い短パンをはいていた。全身から石鹸《せっけん》の香りが漂っていた。僕は晃の膝《ひざ》小僧を見た。少し日焼けした健康的な膝小僧だった。

「おいおい、髪の毛くらいちゃんと乾かして出て来いよ」

「自然に乾くからいいもん」

「そういうこと言って、夜とか急に冷え込んだときに風邪ひくんだよこいつ。もう少し長いズボンはいとけ」

「いまは昼間じゃん。あーお腹減った」

晃は冷凍庫から電子レンジで温めるだけで食べられるミートソーススパゲティを取り出した。もう二時半になっていた。

「一時半まで部活をやらせるなんてひどい顧問だ。育ち盛りの中学生の女の子は七時に朝食を食べて十二時半に昼食を食べて六時半に夕食を食べて十時には寝なきゃいけないのに。職員室に怒鳴り込もうかな」

「過保護だ。どんどん父親に近づいてる」と僕は言った。

「そんなことしたらお兄ちゃんのこと嫌いになる」と晃は言った。

それから僕たちはゲームをしたり、晃の長くてとりとめのない話を聞いたりした。晃は、当たり前だけど僕に対してより奥村に対してのほうがずっととりとめのない話をした。一分に一回くらい話題が変わる素晴らしいとりとめのなさだった。

僕はちょっとからかうつもりで、好きな人はいないのかと晃に訊いてみた。

「いまのところいないなあ」

「なんだ、いないのか」

「お兄ちゃんほどじゃなくていいから、頭がよくて運動ができてかっこいい人がいいな」

「そんな人あんまりいないよ。でももし恋人ができたら隠しておいたほうがいいよ。奥村にぼこぼこにされて日本刀で真っ二つにされるよ、その恋人」

「もし恋人ができたら佐野君にだけ教えてあげる」と晃は笑った。

「無駄だ」と奥村は言った。「俺の探偵能力は半端じゃない。晃が隠しても気配で察して調べて突き止めてぼこぼこにして真っ二つにする」

「そんなことしたら私、泣くよ」

「……妹の涙は見たくないな」と奥村は真剣な表情で言った。「半殺しで我慢するか」

「とんでもない兄貴だな！」と僕は言った。

夕方の六時半頃に二人に見送られて家を出た。一人になると、急に世界が静かになった。

僕は奥村の家から僕の家までの帰り道が好きではなかった。とくに国道が嫌いだった。顔を上げずに下ばかり見て歩いた。

久しぶりに人とまとまった話をしたなと僕は思った。家では母親とろくに話さないし、奥村が学校に来なければ僕はほとんど声を出すこともない。奥村以外のクラスメイトとの会話は会話のうちに入らなかった。昔は誰とも話さなくたって平気だったのに、どうしてこうなったのだろう？　たぶん、奥村という、僕にとって初めてできた尊敬できる本当の友達のための場所みたいなものが僕の中に作られたからだ。僕は奥村と話をするのが自分で思っているよりもずっと好きなのだろう。だけどもう一つ、何かが足りない感じがしていた。ただ一人の尊敬する友達では埋められない空白みたいなものが胸の中にあった。奥村のためではない特別な場所だ。その場所がいつ僕の中に明確に定められたのかはわからないけど、五月のある日からその場所が常に空白になり、がらんどうのそれがどんどん大きくなって、耐えがたい寂しさが胸の中に広がっていた。その空白のことを考えると胸が苦しくてたまらなくなった。これはどこから来る苦しみなのだろうと思った。

僕は下を向いて歩き続けた。道路のアスファルトにはひびが入っていた。道の端のアスファルトとブロック塀の隙間から雑草が生えていた。僕の横を自転車の小学生が通過していった。

頭の中にはずっとドアがあった。僕は国道に向かって歩きながらドアのことを考えた。時間をかけて少しずつ開いていく二つのドアと、唐突に吹く強い風のことを考えた。頭の上を竜が飛んで火を吹いていた。黒い中型車が走っていた。ナイフを隠し持った十四歳の女の子がその車に乗り込んでいた。でもその女の子はナイフでは人の首をはねられないことを知らなかった。石を投げるのが好きで、占いを信じていない女の子だ。

心臓を素手でつかまれるような痛みを胸に感じた。直後に頭の中が真っ白になった。

僕が歩いているのは現実の松本の町だった。東の空は暗く、西の空は竜が火を吹いたみたいに赤く明るかった。世界はいつも半分が暗く半分が明るかった。

僕は国道の歩道橋を渡り終えていた。川沿いへ続く道を暗がりに向かって歩いていた。僕はただ、沖田と話がしたいのだと思った。沖田の顔が見たいのだと思った。沖田に触れたいのだと思った。それは急激に込み上げた衝動ではなくて、ずっと前から僕の中にあったものだ。ただ僕はそれに気がついていなかった。開きかけたドアを閉めたのは突然の風だけではなくて、ドアが閉まらないように支える努力をしなかった僕自身でもあった。

川はいつもと変わらなかった。水が流れていた。水が流れる音がしていた。向こう側のドアも薄く開かれているような気がした。

僕はガードレールの切れ目から斜面を下りて橋の下へ向かった。橋の下は真っ暗だった。竜の火みたいな西日はほとんど消えかかっていて、そのかすかな明るさは橋の下には少しも届いていなかった。戦争孤児を匿う草が影になって風に揺れていた。その中に沖田がいることがなぜだか僕にはわかっていた。

沖田は何かから身を隠すように膝を抱えて小さくなって座っていた。

「沖田」

僕の声に沖田は身を震わせた。暗闇の中でシルエットだけが見えた。僕は沖田の正面に立って手を差し出した。そしてもう一度言った。「沖田」

「――佐野」沖田が僕の名前を呼んだのは初めてかもしれなかった。沖田がどんな顔をしているのかはわからなかった。

「手を貸して」

沖田は膝を抱えて僕をじっと見上げるだけで、動こうとしなかった。

「手を貸して」

もう一度言うと沖田は自分の手をゆっくりと胸のあたりに持っていき、てのひらを上にしてそこをじっと見た。私の手、汚い、と沖田は言った。

僕は沖田の横に座った。それからもう一度言った。「手を貸して」

沖田は胸のあたりにやっていた手をゆっくり僕のほうに寄せかけて途中で止めた。僕は体をひねって沖田のほうに上半身を向けて両手で包み込むみたいにしてその手を握った。沖田の手の、肉の下にある骨の形がありありとわかるくらい強く。長いあいだ僕はそうしていた。頭上の橋を何台かの車が通って大きな音を立てた。沖田の手は震えて、じっとりと汗ばんでいた。人間の温度だと思った。生きて血や肉や皮膚を持った人間の温度だ。

間近に沖田の顔があった。沖田の震える息遣いが小さく響いていた。僕は沖田の吐息が頬にぶつかるくらい顔を近づけてその目を覗き込んだ。真っ暗なのに、沖田の瞳《ひとみ》の奥がどんなに澄んだ色をしているかよくわかった。涙を流す沖田の目は、僕の想像の何倍もきれいだった。

「あたたかい」

沖田は僕の肩に顔を押しつけて泣いた。

市川

春休みは相変わらずいろいろなアルバイトで時間をつぶすうちに終わった。

三月の初旬にほんの少しだけ暖かくなってきたので散歩をして大学のほうまで行き、ついでに広崎の部屋を訪ねたことがあった。もしも早く実家から帰ってきていたら少し話でもしようかと思ったのだった。広崎の部屋はすでに空き家になっていた。部屋の契約は三月いっぱいだと言っていたから、ちょっと早いが、すでに新しいアパートに移ったのだろうと思った。

四月になり、二週間ほどがたった。僕はまだ広崎に会っていなかった。広崎の携帯の番号は知っていたが、僕たちには電波を利用して連絡をとるという習慣がなかった。これまではもしも用事があれば僕が広崎の家に行けばよかった。でも新居の場所を教えてもらっていないから、いまはそういうわけにはいかなかった。吉岡とのことはどうなったのだろう？　そのうちに彼から何らかの報告があるはずだった。僕は広崎の告白がうまくいっていることを心から望んでいた。強がりではなくて、本心からそう思っていた。そうでなければ広崎に嘘をついたりできるはずがなかった。

僕は携帯電話の電話帳の、一度もかけたことのない広崎の番号をしばらく眺めた。でもこちらから連絡をする気にはなれなかった。結果がどうであれ、広崎のタイミングで僕に報告をしてくれるだろうと思っていた。

吉岡には一月のひどく寒い日以来、一度も会っていなかったし、見かけてもいなかった。おそらく、会ってももう話すことはできないだろう。最初に遠ざけたのは僕のほうなのだからそれはしかたのないことだ。

僕は広崎からの連絡を待つあいだ、あまり学校には顔を出さなかった。市立中央図書館で一日中本を読んでいた。大学の図書館よりも大きく、こころもち明るく、本の数も多かった。本の内容はなんでもよかった。ただ時間をつぶすためだけに活字を追っているだけだった。大学附属図書館の小豆《あずき》色のソファくらい居心地のいいソファはそこにはなかった。たまに希望とか絶望とかいうおおげさな言葉について考えた。

四月が終わろうとしていた。いい加減、広崎から連絡がないのはおかしいと思い始めた頃に、やっと携帯にショートメールが来た。

『話がしたい』

それは広崎からではなく吉岡からだった。

僕と吉岡は三か月以上ぶりに会うことになった。

夕方の五時に吉岡のアパートの前まで歩いていくと、彼女は外で待っていた。ゴールデンウィークの三日目だった。濃い色のデニム地のオーバーオールを着ていた。何度も見たことのある服だ。約百日ぶりに会った吉岡は以前よりほんの少し痩《や》せて、顔の輪郭がほっそりしていた。「久しぶり」と吉岡は言った。声のトーンは明るくも暗くもなかった。その約百日ぶりに聞く最初の五文字から彼女の感情を読み取ることはできなかった。最後に見た顔からも感情を読み取ることができなかったことを僕は思い出した。

久しぶり、と僕も言った。どんなふうに吉岡には聞こえただろう、と思った。自分の声を客観的に分析することはむずかしかった。

「少し、歩かない」

吉岡の求めに応じて僕たちは女鳥羽川沿いを歩いた。何度も歩いた道だった。歩きながら、いろいろな話をした。でもこのときの僕たちは無言だった。東の山は近くにあり、西の山は遠くにあった。遠くの山のいくらか上に太陽が浮かんでいた。まだしばらくは沈みそうになかった。幾重にも重なる山の稜線《りょうせん》がくっきりと見えた。川がきらきらと光っていた。明るすぎる世界に、目をまともに開けていられなかった。目を細め、絶え間なく流れる川の水の、変化のなさを不思議な思いで眺めた。

川沿いから東の方向へ小枝みたいに突き出た道を入って、少し南下するとコンビニがあった。夜になるとバチバチと嫌な音を発する名前のわからない眩《まぶ》しく光る機械が虫を集めるコンビニだった。店の脇に白猫が住み着いていて、その白猫は与えられた小屋の中でけだるげに寝ていた。

公園に行こうと吉岡は言った。僕たちはまた川沿いに出て近くの公民館に併設された公園へ行った。僕と広崎と吉岡が一枚目のチョコレートを分け合った、始まりの公園だった。

吉岡はブランコに腰を下ろした。あのときみたいに地面を蹴《け》ってブランコを前後に揺さぶったりしなかった。何かを待っているみたいな顔をして座っていた。僕は何かではなく吉岡の言葉を待って彼女の斜め前に立っていた。

しばらくして吉岡は口を開いた。「広崎君に、好きだって言われた」

「うん」と僕は言った。

それからまた沈黙が続いた。広崎になんと返事をしたのか吉岡が言うのを僕は待った。僕にできるのは待つことだけだった。でも彼女は言わなかった。代わりに、いま広崎がどこにいるか知っているかと僕に訊《たず》ねた。

「知らない」と僕は答えた。「新しいアパートの場所を知らないんだ」

「新しいアパート」と吉岡は僕の言葉を繰り返した。「私は知ってる」

「どこ?」

「東京」と吉岡は言った。

「東京?」東京には広崎の実家がある。「もしかして、休学してるのか」

「やめたんだよ」

「……やめた? どういうこと?」

「市川、広崎君に最後に会ったの、いつ?」

「一月の終わり」

「そのときには、もう大学やめてたんだよ」

「ちょっと待って」

僕の頭はひどく混乱していた。一月の終わりにはやめていた？　それはありえない。あの時点で広崎はまだ吉岡に思いを伝えてすらいなかった。それに大学をやめるなんていう相談を僕は受けたことがない。頭の中にいくつもの疑問符が浮かび、いろいろな方向に駆け巡っていた。

「春休みに入ってすぐ、私が帰省する前に連絡がきた。二月の頭。話があるって言われて会ったの。私の家の前で。そこで好きだって言われた」

「二月の頭？　広崎は、四月になったら吉岡に告白をすると――」

「市川には嘘をついてたんだよ」と吉岡は言った。「広崎君、そのときに、大学をやめるってことも教えてくれた。東京に戻って一人で生活しながら歌うって言ってた」

僕は声を出すことができなかった。

「広崎君からの伝言。私にはよく意味がわからないところもあるけど」と吉岡は言った。「『最後まで本当のことを言ってくれなかったのは友達として少し残念だったが、市川の優しさだと思うことにする。ありがとう。俺がいちばん手に入れたいものは生肉の奥にある』」

僕は、極寒の暗闇でポケットに手を突っ込みながら僕を見送ってくれた広崎の姿を思い出した。壁を叩いて世界に風穴をあけようと思う。あれは吉岡との関係について言っているのだと思っていた。

「私が市川をどう思ってるか、市川が私をどう思ってるか、二人を二年近く見てきたからよくわかるって、広崎君言ってた」と吉岡は言った。目線は自分の足元を向いていた。「ずっとその言葉について考えてた。広崎君が市川に残した伝言についても。どういう意味だろうって。私を避けてた理由についても考えてた。もっと早く市川にたしかめたかったけど、こわくて連絡できなかった。でも、いま勇気を振り絞ってこの前言えなかったことを言うから、ちゃんと受け止めてほしい。逃げずに本当の気持ちを言ってほしい」

吉岡は顔を上げて僕の目を見た。

「私は市川のことが好き。市川は、私のこと、どう思ってる?」

その目は僕の目だけを見ていた。僕以外のすべての景色を遮断してまっすぐに飛び込んでくる視線だった。

僕はその視線を受けながら広崎のことを考えた。はっぴいえんどが好きで、口数が少なくて、じっと黙ってビールを飲む、ギターを抱えて語るように歌う、好きな人の前だとほとんどしゃべらなくなる男のことを。僕は広崎と友達だった。ともに同じ人を好きになった。でも広崎は去っていった。本当に手に入れたいもののために僕と吉岡を残して。

僕は広崎のことを考えるのをやめて、吉岡の目以外の一切の景色、彼女の額や鼻や眉毛《まゆげ》や睫毛《まつげ》さえも遮断して、こちらに向いたその目だけを見た。覚悟を決めなければならなかった。

「僕は吉岡が好きだ」

吉岡の目が潤んで、きらきらと光った。「それは本当? 信じていい言葉?」

「話をするたびに吉岡を好きになった。これからも、話をするたびに吉岡に惹《ひ》かれていくと思う。自分のことだからよくわかる」

「急に失望したり、いやになったり、心変わりしたりしないで、いつも私のこと受け止めてくれる？」

「途中で放り出したりしない。約束する」

「私、次に傷ついたらたぶんもう立ち直れない。すごく弱い人間だし、いっぱい迷惑かけるし、疲れさせると思う。それでも？」

「約束する」

じゃあ、と言って吉岡は立ち上がり、僕のほうに手を差し出した。「すごく奥手なのは知ってる。でもお願い。いまの言葉が嘘じゃないなら握ってほしい。それで市川のこと、本当に信じられる」

僕は差し出された吉岡の僕よりひとまわり小さくて華奢《きゃしゃ》な手を見た。手の甲は白く、てのひらには無数のしわが刻まれていた。細い血管がごく薄く青く浮かび上がっていた。

「お願い、市川」

僕はぶら下げていた右手を少しだけ持ち上げた。同時に動悸《どうき》がして、呼吸が浅くなった。体中にいくつもの細かい穴があいて酸素が急激に失われていくような感じがした。

「どうしたの？」

「……いや」

持ち上げかけた手を膝《ひざ》についた。冷や汗が出て、網膜に濁った薄い何かが張りついたみたいに視界が薄暗くなり、吉岡が何重にもぼやけて見えた。

吉岡が僕の顔を下から覗《のぞ》き込むように少しだけかがんだ。「……大丈夫？　具合悪いの？」

「……ちがうんだ」

自分の声が、自分の声ではないみたいだった。

「ひどい顔してる。市川、座ったほうがいいよ」

吉岡の手が僕の左肩に触れた。次の瞬間、吉岡は後ろによろめいて鎖にぶつかり、ブランコが激しく揺れた。吉岡は目を見開いて僕を見ていた。僕は彼女を思い切り撥《は》ね除《の》け突き飛ばしていた。

「市川……」

吉岡が怯《おび》えた目で僕を見ていた。太い針を深く突き刺されたみたいな強い痛みがこめかみに走った。胸のあたりに黒くどろどろとしたひどいにおいのするものが込み上げた。怒り狂った誰かが胃の中で刃物を振り回していた。頭の中の真っ暗な部屋で潤んだ何かが光った。頭痛と吐き気と不快感が何重にもなって僕を覆った。揺れる視界の中で、吉岡が目を見開いたままぼろぼろと涙を流していた。その目が胸に激痛をもたらした。希望とか絶望とかいう言葉がちらついた。僕は何かを言おうとして口を動かした。ちがうんだ。乾ききった喉《のど》から出てくるのはその五文字だけだった。

筋肉がこわばったみたいに怯えの表情を顔に張りつかせたまま過呼吸のような掠《かす》れた音を喉から発して泣く吉岡を残して僕は公園を出た。川沿いに出て可能な限り早くそこから離れたかった。左肩、シャツの布越しに吉岡の手の感触が残っていた。我慢できずに胃の中のものを路上にぶちまけた。北上しているのか南下しているのかもわからなかった。背後で吉岡が一度だけ何か叫ぶのが聞こえた。短い言葉だった。でも何を叫んだのかはわからなかった。僕の名前かもしれなかった。

＊

空は黒く、道路を走る車はヘッドライトで前方を照らしていた。

僕は駅前のコンビニの脇に立っていた。

公園を出てから何時間ぶんかの記憶が不確かだった。ただ町をぐるぐると歩き回っていたことだけは覚えていた。駅前は普段より奇妙ににぎわっていた。若者の数が多かった。バンダナをした居酒屋の呼び込みが大きな声を出していた。コンビニの中を覗き、壁にかかった時計で九時十四分なのだとわかった。

僕は三時間以上、どこかを歩き回っていたみたいだった。吐き気や頭痛はおさまっていた。でもその代わり体に力が入らなかった。疲労や眠気とは違う脱力だった。脱力感ではなく、脱力という概念そのものになってしまったみたいだった。目の前を人々が行きかっていた。僕と同じような年代の人が多かった。みんなむやみに声が大きかった。いますぐにここで虫みたいに丸まって寝転んでしまいたいと思った。ものすごく大きな硬いタイヤのようなものに容赦なく押しつぶされ薄く引き延ばされ踏みつけられ粉々になってしまいたいと思った。横で男が煙草を吸っていた。煙が僕のほうに漂ってきた。また意識が遠くなった。

「これチェックじゃん」という声がして現実に引き戻された。コンビニの時計は九時二十八分を示していた。見覚えのあるような気がする顔が四つか五つか六つくらい僕の周りにあった。チェックというのは僕の高校時代のあだ名だった。僕の通っていた市立の高校は私服通学で、僕はその頃から死んだ父親のシャツを好んで着ていた。それらはたいていパッとしない色の格子柄だった。僕に声をかけてきた人たちは高校の同級生だった。今日がゴールデンウィークの三日目だということを思い出した。それぞれの進学先から帰省して同級会のようなものをやっているのだろうと思った。

なにしてんのチェックー、と彼らは言った。見覚えのない顔も三つか四つくらいあった。見覚えのない顔は単に僕が覚えていないだけか、知らない人かのどちらかだった。彼らは男女十人ほどの集団で歩き回り、誰でもいいから知っている人や絡める人を探していた。僕にはしゃべる気力もなく、肩に腕を回してくる名前を思い出せない薄ピンク色のTシャツを着た男を拒絶する気力もなかった。「おーい、なんか体ぐにゃんぐにゃんだけど大丈夫?」「酔ってんの?」「目、据わってね?」「一人で飲んでんのかなこいつ」「つーかどこ行ったんだっけ」「信大じゃね?」「じゃあ地元ちゃんだ」「まだチェックって笑える」そして何人かが笑った。眠気はなかった。頭も正常に機能している気がした。ただ体が脱力にもう一歩近づいた。

何分後かに僕は彼らに囲まれて居酒屋の二階席にいた。そこは僕が二年前に座ったことのある居酒屋だった。彼らはジョッキでビールを飲んでいた。とても大きなジョッキだった。僕の前にもとても大きなジョッキがあった。誰かが僕にそれを持たせた。ジョッキなんていうものを持ったのは二年ぶりだった。白い泡が立っていた。こいつらは何をふざけているんだろうと思った。ビールは赤いラベルの瓶に入ったものに限るということを知らないクソみたいな馬鹿ども。でも喉が渇いていた。喉から血が出るくらいに渇いていた。そのことに、いま気がついた。僕はとても大きなジョッキのビールを一口で半分以上飲んだ。彼らは歓声を上げた。喜んでいるようだった。全員笑っていた。平和な光景だった。こんなものでもしも世界が平和になるなら二千杯くらい飲んでやるよと思った。

僕は一言もしゃべらなかった。頭がすっきりと冴《さ》え渡っていた。彼らの会話を聞いていた。人のしゃべる言葉が明瞭《めいりょう》に耳に飛び込んできて脳にしみわたり、よく理解できた。彼らのうちの多くは関東や関西の私立大学に通っているようだった。向かいに座ったさきほどの薄ピンクが、何人女を家に連れ込んだかという話をしていた。大学のハンドボール部の部室でもやったという話をしていた。そのとなりの男も何人の女とどこでどんなふうにやったかという話をしていた。あれ最高だったぜ、ベランダでやったとき。友達が避妊に失敗して堕胎手術の資金集めに奔走しているという話もした。男も女も笑っていた。なんて楽しい人たちなんだろうと思った。平和の象徴だと思った。僕は笑みを浮かべていた。僕にも笑みを浮かべることができるのだと思った。おい、チェック笑ってんじゃん、と薄ピンクの言葉にまた笑い声が上がった。僕はこの場では人気者だった。僕がビールを飲むだけで、笑うだけで、彼らは喜んだ。僕は新しいジョッキを持たされた。それから薄ピンクは言った。どうよ、チェックは何人とやった？

　僕は立ち上がり薄ピンクのとなりに移動した。お、どうした？　乾杯か？　薄ピンクの言葉で、ジョッキを持ったまま移動していたことに気づいた。薄ピンクのわき腹に思い切りつまさきをめり込ませた。ビールが全部こぼれて半分が僕のシャツの裾《すそ》にかかり、半分は薄ピンクにかかった。薄ピンクが部分的に普通のピンクになった。悲鳴が聞こえた。薄ピンクが口から大きく息を吐いた。吐き気をもよおしながらもう一度同じところを蹴った。三発目は彼の肘《ひじ》でガードされた。何年も前にもこうして人を蹴った記憶があった。蹴ることによってあのときに戻れる気がした。空想や願望ではなく本当にそう思った。戻りたいのではなく戻る必要があった。ガードの上からでもとにかく蹴り続けなければいけなかった。でも僕はいま何に蹴りを入れているんだ？

　もう一度足を振り上げたときに誰かに羽交い締めにされた。周囲は騒然としていた。何を必死になって羽交い締めしているのだろうと思った。薄ピンクは腹を押さえて丸まっていた。

　店員がやってきたが、誰かがちょっとした喧嘩《けんか》だと説明してことを収めようとしていた。ビールはこぼしたが店の物は壊していなかった。やがて店員は消えた。羽交い締めの力が弱くなっていた。僕はそこから抜け出して階段のほうへ向かった。薄ピンクが立ち上がってこちらに向かってきた。彼の仲間がやめとけなどと言って彼を制止していた。やはり僕の蹴りに肋骨《ろっこつ》を折る力はなかった。階段を下りて外に出た。誰も追ってきたりはしなかった。

　僕は大学へ向かって歩き出した。足には感覚がなかった。ほとんど無意識の歩行だった。何分歩いたかわからないが、何分か歩いて大学についた。

西門から入って緑がさわさわと揺れる並木道の真ん中を歩いた。素晴らしい道だった。百往復したいような気もしたし、そこらじゅうに唾《つば》を吐きたいような気もした。

図書館の入り口は外階段を上って二階にあった。でも閉まっていた。時刻はおそらくとっくに二十三時を過ぎているはずで、こんな時間に図書館が開いているわけがなかった。大学生協の奥にある便所らしいにおいのする湿ったタイル張りの便所で顔を洗いうがいをした。シャツの襟元が濡《ぬ》れた。鏡に自分の顔が映っていた。ひどい顔をしていた。でももともとこんな顔だったかもしれない。

図書館の外階段の下にある半円形のような形をしたベンチに座った。朝の八時四十五分までそこにいた。虫が飛んでいた。居酒屋では冴え渡っていた頭はまた休止状態に陥り、手足も痺《しび》れていた。なのになぜか一睡もできなかった。一睡もせずにただ座っていた。体のバランスが狂っているのだと思った。

八時四十五分になって図書館が開くと一番乗りで入り口のゲートに向かった。学生証を持っていないことに気がついた。学生証は財布に入っていた。財布がなかった。おそらく昨日の居酒屋で落としたのだろうと思った。

受付の職員が名前と学籍番号を書けば入れますと言うのでその二つを書いて入った。書いてから、自分はこんな名前だったのかと意外なこころもちでその数文字をしばらく眺めた。図書館職員は僕を不審者を見るような目で見ていた。不審者じみていようがなんだろうが僕は信州大学の学生であり、この日最初の図書館利用者であり、学内で最も勤勉な図書館利用者だ。

三階にある小豆色のソファに寝転がるとその瞬間に眠気が襲ってきた。圧倒的で、黒い塊のような暴力的な眠気だった。僕は昏倒《こんとう》するように眠った。見た夢は明るかった。草原の夢だった。草原に親友と二人で座っていた。僕には広崎という親友がいたが、そこにいる親友は広崎ではなかった。中学時代の親友だった。彼は中学生のときの姿をしていて、僕も中学生のときの姿をしていた。白いワイシャツに黒いズボンをはいていた。

僕たちは草原で、現実感はなく、かといって作り物のようでもない奇妙な明るさの空の下、意味のある、前向きな、本当の意味での会話をしていた。親友は胡坐《あぐら》をかいて切れ長の目を遠くを見るように細めていた。どんな表情をしても絵になる男だった。真顔で冗談を言う男だった。僕は彼と話をするのが好きだった。とくにこのときは永遠に話し続けていられるような気がした。

でもある瞬間に世界を成立させるための何かをつなぎとめる糸がぷつんと切れるみたいにして空が暗くなった。

目を開けると白い蛍光灯の光があった。無数の小石が降るような激しい雨音がしていた。僕は図書館の小豆色のソファの上にいた。だけどまだ草原の明るさと親友の姿がどこかに残っている気がした。何時間寝ていたのかわからなかった。頭痛がしていた。腰を浮かせると立ち眩《くら》みがした。目を閉じ、再びソファに横たわった。さっきの場所に戻らせてくれ。でももう戻ることはできなかった。草原はすでに失われていた。

暴力的な雨音がしていた。五月の頭に降る雨の音ではなかった。遠くで雷が鳴っていた。空気がびりびりと震えていた。建物全体が誰かの悪意に包まれ、揺さぶられているみたいだった。

視界をさえぎる無数の雨粒と、空に浮かび上がる亀裂《きれつ》みたいな稲妻がくっきりと見えるような気がした。それらは暗闇で乱反射して、幾何学模様のように瞼《まぶた》の裏に浮かび上がった。ずきずきと痛む頭の中で雨が降り、雷が鳴っているようにも感じられた。鼻の奥で湿った匂いが停滞していた。

雨の音が途切れる気配はなかった。じっとしていると、少しずつ頭の芯《しん》が冷たくなっていくようだった。内側でも外側でも降っているのだと思った。たとえ耳をふさいでも抗《あらが》うことはできないだろう。

僕はソファに体を横たえて目を閉じたまま、じっと耳を澄ませていた。雨音の中に、何か別のものが混じっていることに気がついた。足音、と僕は思った。それは徐々にはっきりとした輪郭を帯びて、僕に近づいていた。

誰かが来る。

僕はもう一度、身を起こした。目を開けて、足音の主を待った。足音が近づくにつれて雨音が遠くに追いやられるように小さくなり、頭痛もおさまっていった。

そして彼女はやってきた。

目尻《めじり》がやや上を向いていた。上唇が少しだけ尖《とが》っていた。髪の毛をとても長くしていた。これといった表情を浮かべていなかった。凪《な》いだ海のような静かな空気をまとっていた。

僕には彼女がどちらなのかわからなかった。

佐野

沖田の涙で僕のTシャツの肩の部分はじっとりと濡《ぬ》れていた。沖田にかけるべき言葉を僕は持っていなかった。訊《き》くべきこともなかった。ただ手を握ることだけが僕のできることだった。

沖田の押し殺したような震える息遣いは橋の下に長いあいだ響いていた。それは徐々に大きくなり、そのうちに嗚咽《おえつ》に変わった。その不規則な呼吸と叫ぶような声を聞きながら、僕の胸は強い痛みを感じていた。

沖田のことを思って胸を痛めたことはこれまでに何度もあった。ここに来るまでにだって、歩きながら、心臓を素手でわしづかみにされるような痛みを感じた。でもいま感じているのは、それらとはまったく種類の異なる痛みだった。これは自分のための痛みではなく沖田のための痛みだ。誰かのために感じる痛みのほうが何倍もつらいのだと僕は知った。

沖田の涙はあたたかかった。

僕たちの手は互いにひどく汗ばんで、二人の温度が混ざり合い、それはまるでひとつの生き物みたいになっていた。

沖田の体からは沖田の匂いがした。僕は沖田の体を強く抱きしめたいという衝動に駆られた。

沖田の細い肩を包み込むみたいにして、沖田の頭を胸に抱きたかった。そうすればもっと一つになれると思った。もっと安心して沖田に涙を流させてあげられると思った。僕はただ手を握って肩を貸し、じっとしていた。

沖田はそのうちに泣きつかれて静かになった。あたりは真っ暗で、世界は完全な夜になっていた。太陽は地球の裏側へ向かって移動し始め、橋の下から出れば頭上に月が見えるはずだった。でも僕たちはそこから動かなかった。

「佐野」と沖田は言った。

「うん」と僕は答えた。

「……佐野は、なんで、私は」沖田は何か言いかけた。

僕は沖田の言葉の続きを待った。続きを沖田の口から聞くことはできなかった。言葉の切れ端だけ何度も僕の胸に吐き出して、そのたびに止まった。

「何も話さなくていいよ」と僕は言った。

沖田は何か話そうとするのをあきらめた。

どれくらい時間が経過したのかわからなかった。たまに橋の上を車が通り、人も通った。徒歩だとコツコツという足音がかすかに響き、自転車だと車輪の回る音やブレーキの軋《きし》みの音がした。人々はいろいろな方法で移動していた。僕と沖田は橋の下に釘《くぎ》で打ち付けられ固定されたみたいにじっとして動かなかった。

沖田がまた口を開いた。「はじめて知った」

何を、と僕は言った。

「人間の手は、あたたかい」

「僕もはじめて知ったよ」

沖田はずっと、誰かが手を握ってくれるのを待っていたのだと思った。

また橋の上を誰かが通った。徒歩が二人に自転車が三人。もしも残党兵に見つかったら殺される前に殺してやると思った。でも僕たちの生きる世界に残党兵はいなかった。

こんな橋の下で手を握り合う二人の中学生を見つけたら、その人は僕たちを笑うだろうか。

いくらでも笑えばいい。

僕は真剣だった。

真剣に沖田の手を握り、真剣に沖田に肩を貸していた。

＊

雨がやんだのは週末だけで、月曜にはまた降った。奥村はやはり学校に来なかった。

沖田はいつものように僕のとなりの席にいた。彼女は授業中、一度も悪い大人の首をはねるためのノートを出さなかった。

六時間目が終わると僕たちは一緒に帰った。通り魔の件で部活もなく、四時には全校生徒が一斉に下校した。教員が通学路のいくつかのポイントに立っていたけど、見通しのいい田川沿いには一人もいなかった。僕たちはゆっくり歩いて同じルートを歩く生徒たちをやり過ごし、自然に橋の下にもぐりこむようにして並んで座った。橋の下とはいえ雨でコンクリートがかすかに濡れていたけど、大きなビニール袋を敷いて。そこだけが僕たちの居場所だった。雨が橋から垂れるカーテンみたいに降って僕たちを閉じ込めていた。たまに休みながら何日も降り続けるタイプの緩慢な雨だった。

僕たちは前のように話そうと思って石を投げながら会話の糸口のようなものを探したけど、どこかぎこちないやりとりしかすることができなかった。それはおそらく沖田が僕に何かを話すべきだと考えているからで、それが胸のつかえになっているのだろうと思った。

僕は話をするのをあきらめて、そっと沖田の手を握った。会話がつながらなくても、てのひらの感触と温度でつながっていることが何より大事だった。

水曜になって沖田がぽつりと言った。「お母さんが、ほとんど帰ってこないから」

でもそれだけで終わってしまった。僕は以前、僕たちがここで尽きることのないとりとめのない話をしていたとき、石を投げながら沖田がなんと言っていたかを思い出した。

「誰かに相談したことはなかったの？」

「いちおう、したけど、大人は頼りにならないし、信用できない。自分のことばかり考えてる」

そこから沖田は少しずつ話をしてくれた。僕にそのことをちゃんと話さなければいけないと思っているようだった。僕はその話を聞けば自分のための痛みと沖田のための痛みを同時に感じなければいけなくなることがわかっていた。沖田はそれを話す必要があったし、僕はそれを聞く必要があった。沖田が絞り出す言葉からどれだけのことを推測して、どれだけ辛抱強く沖田の手を握ってあげられるか。じっと待つことが僕は得意だった。そして僕はやっと沖田のことを知ることができた。

沖田の母親は仕事を終えて朝帰ってきて、沖田のためにいくらかの現金を置いてまた仕事に行くという生活をしていた。本当に仕事なのかはわからない、男の人のところかもしれない、と沖田は言った。沖田は母親が置いていくいくらかの金を生活費にしていた。こちらに越してきてほんの一か月ほどで、母親はあまり家に帰らないようになった。沖田は日々の生活に困るようになった。担任に相談したことがあったが、担任から母親に連絡が来ると、母親は電話で彼女に向かって何か喚《わめ》き散らした。恥ずかしい真似をするなと沖田を叱った。お母さんと少し相談してみてねと担任は言った。母親のことを相談したのに、母親と相談しろとはどういうことだろうと沖田は思った。でもお母さん、スイッチが入ると何言ってるかわからなくなって、まともに話ができないから先生も困ったと思う、と沖田は言った。

僕たちの担任は面倒なことは極力背負い込みたくないというタイプだった。僕が知っている教員の半分くらいはそうだった。

沖田の母親は昔から自分勝手でいろいろな男を連れてきたりいろいろな男のもとを訪ねたりしていたが妙なところで体面を気にした。男の人に貢がれるのはいいけど生活保護とかは受けたくないみたい、と沖田は言った。ちぐはぐな論理で生きていた。行事のときの沖田の弁当はいつも菓子パン一つで、給食費は滞納していた。ほしがってもいない携帯は買い与えた。家には一度しか使っていない化粧品があふれかえって、仕事で使うドレスのような服が産業廃棄物のように堆《たい》積《せき》していた。金の使い方がめちゃくちゃだった。最も身近な大人の身勝手さに傷つけられてきた沖田にとって、大人は敵か、利用すべき敵の二種類に分かれていた。そして沖田の母親の口癖は、『男に助けてもらえば誰でもなんとか生きていける』だった。

　僕は沖田の話を聞きながら、どうしてそんな大人ばかり僕たちのまわりにはいるのだろうと思った。奥村の家だってそうだった。僕は自分の家の大人のことを考えた。自分の家にいた大人のことを考えた。僕は父さんを部分的にではあったけど心から尊敬していた。最後は自分で死んだとしても、自分の親がそういう部分を一つでも持っていたことは、もしかしたらすごく幸福なことなのかもしれない。少なくとも放置されたことはなかったし、まともに話を聞いてくれた。母親だってまっとうな人間だ。もしかしたら僕はとても幸せな家庭で育ったと言えるのかもしれなかった。

　沖田が生活をするために利用すべき敵と会うようになったのは、転校して三か月近くたった夏休みの終わり頃だった。

　どんな方法で相手を探したのか、具体的に何をするのかは沖田は言わなかった。そんなことは言いたくないだろうし、僕だって聞きたくはなかった。互いの胸を互いのために痛める話だったから、僕たちはできるだけその痛みが軽くなるような道筋を選んで進んだ。僕は沖田を非難したりはしなかった。もう敵を利用するつもりはないんだよね、とも言わなかった。僕がその言葉を飲み込んでいることは沖田だってわかっていた。お母さんと、よく話してみる。きっとなんとかなる、と沖田は言った。だけどそれで本当になんとかなるとは思えなかった。

「もしどうしようもなかったら、まず僕に言って。何ができるかわからないけど、一緒に考える。あとは、単純にパンとかお菓子とかなら持ってけるし。お小遣いもある」

僕がすぐに役に立てることは沖田のお腹が減ったときにパンとかお菓子を家から持ち出して沖田にあげることと、お小遣いで沖田を助けることだった。そんなの気休めにもならないよとは沖田は言わなかった。握る手の力を少しだけ強めて、うん、と言った。

「……なんで佐野、そんなに優しいの？　普通、私みたいな」

僕は沖田の言葉をさえぎった。「沖田がそんなこと言う必要ない」

私の手、汚い、と言ったときの沖田の声を僕は覚えていた。そんな言葉を僕はもう聞きたくなかった。

「佐野が、手を握ってくれれば、大丈夫な気がする」

僕は湿った橋の下で沖田に何かを分け与えるような気持ちで手を握り続けた。その体温はむしろいつも僕のほうに安らぎや幸福を与えてくれた。沖田が、誰かが自分の手を握ってくれるのを待っていたのと同じように、僕もこの温度を待っていたのだと思った。

「ほかに不安なことはない？」と僕は最後に訊《たず》ねた。

沖田は僕の目を見てうなずいた。

うなずく前の口元の緊張と黒目の揺らぎが気になった。

「……何か、あるの？」

「ううん」沖田は手を握る力を少しだけ強くした。

*

金曜になって久しぶりに奥村が学校に来た。先週の火曜から休んでいたから、八日間も雨で登校を見送っていたことになる。

この日は雲はあったけど雨は降っていなかった。空は奇妙に白く、薄い雲の向こうにかすかに太陽が見え隠れしていた。でもそのさらに向こう側に黒い塊があるような気味の悪い空だった。薄明るくて薄暗い。そういう矛盾した空に見えた。雨は降っていない。奥村にとっての重要なポイントはそれだった。

「こんなに休んだの初めてだぜ」と奥村は言った。少しやつれたように見えた。彼は生き急ぐようにに三年ぶんを自力で飛び越えてすでに大学受験レベルの勉強をしていた。

奥村は沖田にも挨拶《あいさつ》した。

「沖田さんおはよう」

から元気のような響きの声だった。

沖田はかすかなうなずきのようなもので挨拶を返した。

午前に体育があった。競技はバスケットだった。僕と奥村はたまたま同じチームに割り振られ、奥村は病み上がりで体調が万全ではないのに、いつもどおり歓声を浴びた。

他のチームが試合をやっている最中、奥村はコートを見ながら言った。「久しぶりだと、なんか俺がいるべき場所じゃないような気がしてくるよ」

「たしかに」僕はうなずいた。「奥村はこんなところで普通の中学生をやっていていいような人材じゃない」

「いやいや、そういう意味じゃない」

「わかってる。たしかに八日間も自分だけ休んでたら学校の空気と自分をすり合わせるのに少し時間がかかるよね」

「なんか、違う世界みたいに見えるんだよな。みんなちょっとずつ変わって、違う人間になっちまって、俺だけ取り残されてるような。絶望的な気分だぜ」

「おおげさだな。そんなに変わったことあるかな。たったの八日間で」

「俺のとなりの席の人のブラウスが半袖《そで》になってる。衝撃的な変化だ。何が彼女をそうさせたんだろう」

「それはたぶん衣替えしただけだ」

「俺の斜め前の席の人が、ふたの閉まらないプラスチックの筆箱を使ってたけど、布製のペンケースを使うようになってる。心の中で革命が起きたに違いない」

「それはたぶん反省をいかして筆箱を壊れにくいタイプのものに新調しただけだ」

奥村とのこうしたやりとりが僕は好きだった。「あまり変わっている人がいないなら、無理してひねり出さなくてもいいよ」と僕は笑いながら言った。

「無理してないぜ」と奥村は言った。「全員、劇的な変化を遂げてるよ。俺がいないあいだにちょっとずつ細胞が入れ替わってる。新陳代謝によって古いのが出ていってそのぶん新しいのが——」

「それはたぶん奥村もだ」

「そうか……そうだな。生きてるだけでどんどん体の中身は入れ替わってくんだ。とくに俺たちはどんどん成長していく。でも成長にろくなことはない」唐突に奥村の声のトーンが変わった。「不純物がたまって、汚いものばかり吸って体がでかくなるんだ。体の中で日ごとにそれが積もって膨らんでその処理に奔走する。それが大人になることなんだとしたら、成長なんかしたくないよな。だけどそれを——」

「奥村？」

「人の話は最後まで聞けよ、佐野。そういえばもう一つ大きな変化があったな」奥村はコートのほうに目を向けたまま言った。「佐野が沖田さんと身を寄せ合って手をつなぐようになっている」

一瞬、時間が止まったように体育館内が静まりかえった。実際に静寂が訪れたのではなくて僕の頭の中だけで起きたことだった。すぐに音が戻ってきた。コートの中で背の高いクラスメイトが転んで、派手な音を立てた。振動がこちらまで伝わってきた。近くにいた仲間が助け起こした。助け起こされた彼は照れ隠しの笑いを浮かべながらすぐにボール奪取に走った。僕はしばらく声を出すことができなかった。

なぜ奥村がそれを知っているのかわからなかった。僕はずっと、僕と沖田が手をつないでいることを奥村が知ったらどう思うのかが気がかりだった。奥村が沖田に対して抱いているのが恋愛感情だとは思っていなかったが、かといって友情だとも思っていなかった。同じ顔をした妹に対する過保護の延長で、ただ放っておけないというのともまた違う気がしていた。

「付き合ってるんだろ」

「……付き合ってる？」

「みずくさいな。いつからだ？　言ってくれよ、友達なんだ。女子たちの噂話で知るなんてひどい話だぜ」

誰かが橋の下の僕たちを見たみたいだった。僕が初めて沖田の手を握ったのは土曜で、たったの六日前だ。そのあいだに誰かに見られて、すぐに噂になっていたのか。

「佐野から告白したのか？」

奥村はコートのほうを向き続けていて、僕もコートのほうを向いていた。

「いや……付き合ってるとか、そういうわけじゃ」

「好きだったなら事前に少しは相談してくれてもよかったんだぜ。俺たちは部活の仲間でもあるんだ。まあ、俺は役に立たなかったかもしれないが。恋愛のことはわからないからな」

僕は奥村のほうを見ることができなかった。でも奥村が僕の正面に回り込んで立って、おめでとう、と言いながら肩に手を置いたので、顔を見ないわけにはいかなかった。奥村の嘘をつけない目は奇妙に平板で、肩に置かれた手は水を含んだ布のようにだらりとした重さを持っていた。

　昼休みにほんの数分だけ間違いみたいに晴れ間が出て空が明るくなり、そのあとにまた薄暗くなった。大きな子供が気まぐれに空のふたを開けたり閉めたりしているみたいだった。奥村は頭痛を訴え始めて、五時間目が始まる前に早退することになった。

「奥村」と僕は言った。そのあとにかける言葉が思い浮かばなかった。

「土曜と日曜、うちに遊びに来てくれよ」青白い顔で奥村は言った。今朝テレビで見た天気予報は週末も雨だと言っていた。

「いや、でも」

「頼む、来てくれ。俺は寝てても晃と遊べばいい。あいつが遊びたがってる」

「……うん」

「頭痛がひどくなければ話をしよう。最近また一つなりたい職業が増えたんだ。俺はたまに佐野と話をする必要がある。酸素みたいなものなんだ」

　そして奥村は帰った。まだ雨は降っていなかった。突然快晴になってもおかしくないし、土砂降りになってもおかしくないような空だった。


　三時五十分に終業し、下校時刻になった。この日も全校生徒が一斉に下校した。誰もが片手に傘をぶら下げていた。空はずっと奇妙な色を保っていた。

「今日は、座っていくのはやめておこう」正門を出て歩き出して、国道を渡ったところで僕は言った。

沖田は不安そうな顔をした。「どうして?」その顔には焦りの色も浮かんでいた。「佐野……」しがみつくような目で僕の名前を呼んだ。

沖田は僕の言葉を違う意味でとらえているようだった。

「沖田、落ち着いて。そうじゃないよ」

僕たちは川沿いに差し掛かろうとしていた。僕の脳裏には奥村の顔が浮かんでいた。となりには沖田がいた。僕はどうしようか迷って沖田の手を取った。「分かれ道まで手をつないで帰ろう」

もう奥村には噂によって僕たちのことはばれている。それに、ここにいない奥村より、すぐとなりで不安げな顔をする沖田のことを考えるべきだった。手をつなぐと沖田のこわばった表情が少しだけもとに戻った。

「僕たちのことが噂になってるみたいなんだ。それはべつに気にしてないけど、いまはまたあそこにいるところを見られてまっすぐ帰ってないのが学校にばれたら沖田の母親に連絡が行ったりして怒られるかもしれないから」

「……うわさ?」沖田の顔が、今度は痛みをこらえるみたいに少しだけ歪《ゆが》んだ。「誰がうわさしてるの?」

「わからない。たぶん誰かが見て、もうみんな知ってるんだと思う。僕たちが橋の下で手をつないでたって」

「誰から聞いたの?」

「奥村に言われたんだ」

沖田が立ち止まった。「だめ、佐野」

「だめ？」

「佐野、やられる」と沖田は言った。

「やられる？　沖田、どうしたの」

「奥村君に」

「……何言ってるんだよ、どういうこと？」

沖田は体を震わせていた。

「四月の終わりに、奥村君に言われた。好きだって。沖田さんのこと俺が守るって。廊下で手を洗ってるときに、横に来て」

——奥村が沖田に好きだと言った？

突然もたらされた情報に僕は混乱していた。

「何て答えたの？」

「何も答えなかった。ハンカチを出してくれたけど、使わずにスカートで手を拭《ふ》いた。そしたら『俺が守る』ってもう一回言われて、奥村君の目がこわかったから、すぐに教室に戻った。それからちょっとして、通り魔が出た。襲われた大学生——」

頭の中で音がした。

「もしかして、沖田が、その……会ってた人？」

沖田はうなずいた。「定期的に、会ってたから……、それでわかった」沖田は僕に顔を見られないように下を向いて言った。

もちろん被害者は実名報道などされていなかった。沖田は個人的にメールか何かのやりとりで知ったということだ。

このことで僕は、沖田が利用していた敵が黒い中型車の三十代の男だけではなかったのだと知ることになった。でも胸を痛めている場合ではなかった。僕が国道で見たその男も、一週間前に何者かにやられたのだ。

「まだわからないよ。たまたま一致しただけかもしれないし、奥村がそんなことするはずない」

「佐野、本気で言ってるの?」と沖田は言った。

頭が混乱していた。奥村は妹の晃を溺愛《できあい》している。沖田は晃とほとんど同じ顔をしている。奥村は沖田に好きだと告げている。好きとはなんだ? 奥村は恋愛のことがわからなくて悩んでいた。奥村が沖田に対して言ったその言葉がどのような感情を示しているのか僕にはわからなかった。もしも純粋な恋愛感情だとすれば僕に相談しているのではないか? いくら考えても混乱は少しも収まりそうになかった。

「次、佐野がやられるかもしれない」

「それは、ないよ」と僕は言った。言いながら、晃に恋人ができたときの仮定の話をする奥村を思い出した。ぼこぼこにして日本刀で真っ二つにして飛行機にくくりつけて北極と南極に右半身と左半身をそれぞれ捨てよう。でも沖田は晃ではないし、そもそもあれは冗談だ。

僕はもう一度、「それはない」と言った。実際にそのように思っていた。もしも奥村が本当に通り魔だったとしても、僕を襲ったりするはずはない。

「沖田、心配しないで。明日、奥村の家に遊びに行くから、そのときに話をしてくる」

「待って。佐野、行っちゃだめ」

「僕と奥村は友達だよ」

「友達なのは知ってる。でも奥村君、たまに目が変だった。だからこわかった。お願い、行かないで」

「大丈夫」と僕は言った。

だけど沖田は何度も行かないでと懇願した。

「――そんなに言うならわかったよ」と僕は言った。「奥村が学校に来て、周りに人がいるときに話をすることにする」

沖田は僕の言葉を信じていちおう安心したようだった。でも僕の言葉は嘘だった。学校でそんな話はできない。明日、奥村と話してみる必要があった。奥村だって、僕と話す必要があると言っていた。

僕たちは再び歩き始めて川原に差し掛かった。雨で生長し過ぎたススキと、アレチウリなどのつる性植物が互いに絡まり合い、巨大な化け物のようになって対岸を覆っていた。川は何日も前から茶色く濁り、長いあいだ僕たちに川底を見せていなかった。

分かれ道で僕たちはそれぞれの帰路についた。佐野、夜、絶対に外に出ちゃだめ、と沖田は別れ際に言った。

家に帰り、鞄《かばん》を下ろすと、制服のままダイニングテーブルの椅子に座り、奥村と通り魔のことを考えた。俺が沖田さんを守る。沖田と会っていた男が二人、順番に襲われた。沖田の言うとおり、通り魔は奥村だと考えることはできる。彼は切れすぎる頭と行動力で沖田が会っていた男を調べ、誰にも目撃されることなく二人の大人を排除した。沖田が利用していた、そして沖田を利用していた大人。

でもなぜ、と僕は思った。

僕と奥村は、それぞれ別の方法で沖田を助けようとしていたということなのか？　僕は手を握って。奥村は暴力で。

奥村が何を考えているのか僕にはわからなかった。奥村はいつも過剰な真剣さで物事を考えて、可能な限り誠実な行動をとろうと心がけていた。真実でないことを反吐《へど》が出るくらい毛嫌いしていた。そういう誠実さとか真実から導き出される手段が暴力だったというのが解せなかった。過激な冗談は言っても、暴力に走ったりする男ではないと僕は思っていた。彼なら手を握るでも暴力でもない、もっと現実的で正しい方法で沖田を助けられるはずだった。

奥村はブラック・ジャックになりたいと言っていた。空の穴をふさぐ大工になりたいと言っていた。暴力はそれらの夢からはかけ離れたところにあるものだった。誰かを殴ることが奥村にとっての人を救う方法なのだとしたら、この先の奥村の人生には何があるのだろう？

やはり僕は奥村と話をしなければならなかった。

突然、遠くのほうでごろごろと雷が鳴り出した。空の上で巨人が樽《たる》を転がしているみたいだった。窓から外を見ると南の空が薄赤かった。雲がまんべんなく火事を起こしているみたいな赤さだった。

一瞬、景色が青天の真昼の明るさになり、数秒後に巨大なベニヤ板を割くような音が響き渡った。

湿度が急激に高まり甘ったるい匂いが立ち込めた。稲妻が走ってまた真昼の明るさになった。さっきより短い間隔でまたベニヤ板が割かれた。巨人が転がしていた大きな樽がどこかに落下したような低い音がして、大気を震わせた。

雨が降り始めた。すべてをぶち壊すまで絶対に降りやまないという凶悪な意志を持つ激しい雨だった。大粒の滴が家の屋根や外壁を容赦なく打って、ばちばちと大きな音がした。家全体が轟《ごう》音《おん》に包まれて揺れているように感じられた。数秒に一回、一万個のストロボライトが同時に点灯したような光が瞬いた。巨人の樽がいくつも立て続けに落ちてきた。南の空が赤さを増していた。こんな空は見たことがなかった。こんな雷雨もいままでに経験したことがなかった。

空が何かに呼応して暴れまわっているみたいだった。

逆かもしれなかった。

空に呼応して、何かが起ころうとしている。そんな気がした。

また空が光り、ふいに嫌な予感がして僕は階段を駆け上った。それは予感というよりイメージだった。

父さんが書斎として使っていた部屋は階段を上って右手の廊下の奥にあった。父さんが死んでから、もうずっと使われていない部屋。そしてそこは父さんが首を吊った部屋だった。なぜかその部屋を確認しなければいけないような気がした。父さんの体が天井からぶら下がっているような気がした。手をだらんと垂らして、力なく天井からぶら下がる人間の姿が頭の中にあった。そのイメージが唐突に僕のもとにおとずれた理由はわからなかった。とにかく、いまこの家に、あの部屋に死体がある。僕はそれを見なければならない。ドアノブに手をかけた。向こう側で、死者が息をひそめているような気がした。呼吸が荒く不規則になった。何度か深呼吸をして息を整えた。ドアノブを回した。

そこに死体はなかった。あるのは机と椅子と本棚と父さんの残した消えることのない死の気配だけだった。本棚の中には父さんが大量に付箋《ふせん》を貼った自己啓発本が何冊も収められていた。

僕は深く息を吐いた。父さんの体がぶら下がっているわけがないじゃないか。僕は、死体は見なかったけど、そのあと骨になった父さんを一年半前にたしかにこの目で見た。急に何を考えているのだろう。

だけど次の瞬間に、まだイメージが消えていないことに気がついた。

ここではない。

僕が確かめるべき場所はこの部屋ではない。これとよく似た別の部屋だ。

僕は家を飛び出して、ブレーキの壊れた自転車にまたがり走り出した。一秒で全身が濡れる雨だった。大粒の滴がばちばちと顔や全身に降り注ぎぶつかった。細かい雹《ひょう》が交じっていた。ストロボライトとベニヤ板と巨人の樽がそれぞれのタイミングで光り、割け、落下して音を立てた。

空に穴があいたようだった。まともに自転車をこげるような雨ではなかった。雨粒の重さに体が押し戻されるみたいだった。ろくに目を開けていられず、五メートル先が見えなかった。でも僕は一刻も早く行かなければいけなかった。西の空に厚く重い雲が垂れこめていた。道が雨で煙っていた。

奥村の家は雨に包み込まれて輪郭がぼやけ、毛羽だった巨大な生き物のように見えた。

家の前に自転車をとめるとすぐに玄関の扉まで走ってドアノブに手をかけた。ドアは開いているみたいだった。僕はそのままインターフォンも押さずに中へ入った。靴を脱いで玄関に上がった。全身から水が滴って床を濡らした。家の中に妙な匂いのする濃密な空気が立ち込めていた。リビングには明かりがついていたが誰もいなかった。雨や雹が屋根や外壁を打つ音で、普通に歩いたくらいではろくに足音も聞こえなかった。でも僕はなぜか息をひそめて足音を立てないように階段を上った。そうしないといけないような気がしていた。父さんの書斎と奥村の部屋はよく似ていた。机と椅子と本棚以外に余計なものがないところがまったく同じだった。父さんの書斎になくて奥村の部屋にあるのはベッドだけで、そのほかの違いは本棚に収まっている本の種類だけだった。

二階の廊下は真っ暗だった。その奥に奥村の部屋があった。奥村の部屋のドアは隙間が少しだけ開いていた。明かりは漏れ出していなかった。代わりに廊下よりさらに暗い闇が漏れ出していた。家の中に充満する妙な匂いのする濃密な空気の出どころは奥村の部屋だった。持ち主がいなくなったあとのがらんとした父さんの書斎に残る気配よりもっと濃い、生々しい匂いのする空気だった。この向こうに、僕が一年半前に見なかったものがある。僕はなぜかそれを確信していた。

少しのあいだ、ドアの前に立ち尽くした。狂ったような激しい雨の音だけが聞こえていた。凶器を持った邪悪な生き物が家を取り囲んでそこらじゅうを叩《たた》いているみたいだった。彼らは口からめいめいにいろいろな音を出していた。それは人間のしゃべり声にも怒鳴り声にもうめき声にも泣き声にも何かの軋みにも叫びにも聞こえた。

僕は隙間から部屋の中を覗《のぞ》き込んだ。心臓の鼓動が速まった。全体が見えるように数センチだけ隙間を広げた。匂いが強くなった。むせかえるような強い匂いだった。電気はつけなかった。じっと暗闇を覗き込んで目が慣れるのを待った。そして部屋の中に目を凝らした。息をするのも忘れていた。机や椅子の影が見えた。暗闇の中で、何かが光った気がした。意識が遠のきそうになった。稲妻が屋根や壁を貫いて家の中を照らしたのかもしれなかった。それぐらいのことが起こっても不思議ではなかった。

僕は視線を上に移動してそれの姿を探した。匂いのもとになっているものが見えるはずだった。でも六畳の部屋に天井からぶら下がる人の形をした影はなかった。

また何かが光った。

僕はそのままあとずさって体を反転させ、廊下を引き返して階段を下りた。そして奥村の家を出た。まだ雨が降っていた。空が光っていた。大きな音がしていた。呼吸を再開するのを忘れていたことに気がついた。

どこにもぶら下がっていない、と僕は思った。

僕の想像したようなことは起こっていなかった。予感はただの予感でしかなかった。どうして水浸しになって人の家に勝手に上がり込んだのかわからなかった。奥村はどこに行ったのだろう？　晃は？　鍵《かぎ》も開いていたし、リビングは電気もついていた。何かを考えなければいけない気がした。でも体がくたびれきっていた。胃が痙攣《けいれん》していた。喉《のど》の奥で嫌な味がしていた。寒気と動悸《どうき》がして、頭がずきずきと痛んで正常にはたらかなかった。雨に濡れたせいかもしれなかった。気づくと自転車で自分の家の前まで戻ってきていた。あの不吉な確信みたいな予感はいったい何だったんだろう。脳味《み》噌《そ》を取り払われたみたいに頭が真っ白になり、それ以上何も考えられなくなった。

僕はそれから高熱を出して三日寝込み、悪い夢にうなされ続けた。まともにしゃべることもできず、何も食べることができなかった。

だから奥村の告別式に出ることはできなかった。

＊

奥村の死を知らされたのは熱の落ち着いた火曜の朝だった。

奥村は金曜の深夜、自宅近くの路上で車にはねられて死んだ。僕が奥村の家に走った日だった。

翌日には担任からうちにそれを知らせる電話が来た。でもこの三日間、寝込んでいてそんな話を聞かせられる状態じゃなかったから、と母さんは遠慮がちに言った。告別式も終わったみたい、と。僕は家で学校のことを話さなかった。母さんは奥村と僕との仲を知らなかった。

車を運転していた六十代の男性はいきなり飛び出してきたと証言していて、自殺なのか事故なのか定かでないということだった。

奥村が死んだと聞いて、そこまでの驚きがなかったのは、あの予感があったからだった。僕は病み上がりのまだあまり明瞭《めいりょう》ではない頭であの日の不吉な予感について考えた。あれはやはり当たっていた。僕の中で死は父さんと等号で結ばれていた。だから予感はあんなイメージを持って僕の頭に現れた。

僕は熱が下がったあとも一週間ほど学校を休んだ。父さんが死んだときと同じように、奥村の死についても考えて飲み込んで納得する必要があった。

どうして奥村はあのひどい雨の日に外に出たのだろう。

僕には奥村の死が自殺だとは思えなかった。人に迷惑をかけるような死に方を奥村が自分で選ぶとは思えなかった。

奥村と奥村の母親の死に方はまったく同じに思えた。自殺ですらない、と奥村は車にはねられ死んだ自分の母親について言っていた。機能的な限界。機能的な限界とは何だろう？　それはまるで、寿命とも運命とも違う、でもそのときに死ぬことが決まっていた人間について言っているみたいに聞こえる。奥村は、奥村の母親とは違う。最高の反面教師とも彼は母親に関して言っていた。

　万が一、自殺だったとしても、奥村が死を選ぶ決定的な理由があるとも思えなかった。僕と沖田が身を寄せ合って手をつないだくらいで死ぬことはないだろう。そもそも奥村が沖田をどう思っていたのかがわからない。なぜかわからないけど、やはり奥村の沖田に対する『好き』という言葉が本当にそのままの意味をあらわしているとは僕には思えなかった。沖田は妹の晃に似ている。でも奥村はそのことを認めなかった。奥村は晃を世界でいちばん大事にしていて――。そのことについて考え始めると何かピースのようなものがはまりかけて、しかしいつもそこで止まってしまった。毎回同じところで矢に射貫《いぬ》かれたような鋭い痛みがこめかみに走った。思考を牽制《けんせい》するような痛みだった。それはそのうちに吐き気に変わり、割れるように頭の奥が痛んで、何も考えられなくなった。もしかしたら奥村が僕に痛みを残していったのかもしれないと思った。

　結局僕は、奥村の死についての答えを出せなかった。理解や納得を放棄するしかなかった。いくら僕が考えても本人が死んでいるのだから、その理由が本当の意味でわかることはそもそもありえないのかもしれなかった。

　休んでいた一週間のうちに何度か沖田が学校帰りに僕の家を訪ねてくれたが、僕は出なかった。沖田の顔を見られる気分ではなかった。

　そのことで傷ついたのか、復帰して初日の帰り道で沖田はあまりしゃべらなかった。怒っているのではなく、どうしていいかわからないような顔をしていた。僕のほうも、まだあまり話をする気にはなれず、橋の下に座ることもなかった。僕たちはまたコミュニケーション不全に陥ってしまった。沖田を悲しませたくはなかったけど、それはしかたのないことだった。

晃を廊下で見かけることは何度かあった。遠目からでも、以前の快活で生命力にあふれた無邪気なきらきらした輝きが彼女から失われていることがわかった。何かのきっかけでぽきんと簡単に折れてしまいそうだった。僕は奥村のことを考えると引き起こされるあの頭痛を、晃を見ても感じた。むしろ晃を見たときのほうがその頭痛は強いくらいだった。だから晃と話をしたりすることはなかったし、晃のほうが僕に何かはたらきかけてくることもなかった。晃と会話を持てば何かわかることがあるかもしれなかったが、僕は奥村の死について誰かと話したりしたくなかった。晃にしても兄の死について誰かと語りあうなんてことができるはずがなかった。悲しみのふちにいて、何も考えたくはないはずだった。

沖田とまともにコミュニケーションが取れないのは頭痛のせいでもあった。沖田が晃と同じ顔をしていることが原因だった。奥村が僕に残した痛みはいろいろなところに派生して僕を苦しめた。

沖田の顔は日に日に暗くなっていった。野良《のら》猫みたいな疑心を宿した目つきが戻ってきて、転校してきた当初に立ち返ってしまったみたいだった。その原因は僕にあった。でもどうすることもできなかった。僕たちは一緒に帰ることすらしなくなった。一度は手を握ることができたのに、また理不尽で唐突な風で振り出しよりもっと後退した地点まで吹き戻されてしまった気がした。それを防ぐ強さも手だても僕にはなかった。

放課後勉強クラブに入部した当初のことを僕は思い出した。親友ができたと思った。それから第二副部長が増えて、彼女はすぐに名ばかりの幽霊部員になったけど、副部長の僕とは仲が良かった。僕にとって奥村は親友で、沖田は傷ついた救うべき好きな人だった。なんでこんなことになったのだろう。僕が彼らの橋渡しのような役目をうまくできていれば、いまみたいな状態にはならなかったのだろうか。

登場人物が全員最初からひどいけがを負っていて、意思の疎通もろくにできなくて、少しずつ消耗していくという筋書きの、希望のない映画の結末に立っているみたいだった。

だけど、と僕は思った。

だけど、そんなのはごめんだった。

希望のない終わりになんか、立ちたくはなかった。

奥村の死ですべてがバラバラになって、救うべき好きな人まで悲しませ続けるのはいやだった。

十月になると蒸し暑さはどこかへ消えた。緑だった葉は色づき始め、吹く風は冷たかった。

奥村の死から、三か月がたっていた。

僕の中学校生活は残すところあと半年になっていた。

文化祭の準備で盛り上がる教室では、奥村の死はすでに過去のものになろうとしていた。僕と沖田だけがそれぞれに取り残されて、どこにも行けず途方に暮れていた。何かを変えなければ、何も変わらないと僕は思った。

沖田とコミュニケーションが取れなくなってから、僕はずっと、奥村の死は、奥村の死だと自分に言い聞かせていた。立ち上がるための時間を僕は必要としていた。

夏の終わりから秋にかけて、雨はあまり降らなかった。薄い雲の浮かぶ穏やかな晴天の日が続いていた。

三か月かけて、ようやく一歩目を踏み出す決心がついた。

「沖田、一緒に帰ろう」

終業後、荷物をまとめる沖田にかけた声は少しかすれてしまった。

沖田は口のあたりをへの字にこわばらせていた。それがどういう感情を表しているのか僕にはわからなかった。直後に涙がこぼれ、彼女の口から、これまで何度も聞いてきた僕の名前が聞こえたとき、僕は、なぜもっと早く声をかけてあげられなかったのだろうと後悔した。

僕たちは前みたいに田川沿いを並んで歩いて帰った。六月の雨で化け物のようになっていた対岸の植物は落ち着いて、もとの穏やかな田川がそこにはあった。コオロギやスズムシの涼しげな鳴き声が草むらから聞こえていた。会話はなかったが、なぜかうまくいくような気がしていた。二人で立ち直れるような気がしていた。沖田の涙が僕にそう思わせてくれた。

僕たちは無言で橋の下の暗がりに入っていった。

「座って」と僕は言った。

沖田は僕に言われたとおりそこに座った。僕は彼女のとなりに座った。肩が触れ合わないくらいの距離だった。まわりにはちゃんと戦争孤児を匿《かくま》うための草が茂っていた。空には平和の象徴みたいないわし雲が浮かんでいた。少しだけ動悸がしていた。

「手を貸して」あのときを再現するみたいな気持ちで僕は言った。儀式のようなものだった。

沖田は手をこちらに差し出した。本当に握ってくれるのか不安だというように、少し、遠慮がちに。

僕は沖田の手を見た。それは白く、小さく、彼女の不安を代弁するように小刻みに震えていた。これを握って離さなければ、ちゃんと元通りになれる。僕はまた頭痛が始まるのを感じた。でもこれくらいの頭痛を沖田のために我慢できないはずがないと思った。乗り越えなければいけないと思った。

右手を沖田の手に近づけた。急激に動悸が強くなった。喉が渇き始めた。沖田の手は震えていた。早くしないと握れなくなってしまう気がした。

目をつぶって、瞼《まぶた》の裏の暗闇を見ながら僕は沖田の手に触れた。

血や肉や皮膚を持った人間の温度と感触。

世界でいちばんあたたかく、安らぎと幸福を与えてくれるものだと思っていたそれは、生温《なまぬる》く、じっとりと湿って、グロテスクで、この世で最も気持ちの悪い不快感を誘発するものになっていた。沖田の匂いがした。暗闇で何かが光った。どこかからひどい臭気が込み上げた。反射的に手を離して身を引いた。胃が熱くなり、痙攣し、沸騰した。内容物が逆流して嫌な味が喉をせり上がってきた。押し戻すことができなかった。

昼間給食で食べたものが口から流れ出た。白や赤や黄や緑。未消化の様々な色の食材や液体が混ざり合い跳ね上がり飛び散り沖田のスカートを汚した。びちゃびちゃという不潔な音が耳の中で何倍にも増幅された。鼻をつく不快なにおいがあたりに漂った。

沖田は目を見開いていた。半開きの唇がわなわなと震えていた。目の端にたまった涙が頬を伝って音もなく垂れた。何かがぷつんと切れる音がした。
僕たちの結末には最初から希望が用意されていなかった。
あるのは痛みと絶望だけだ。

市川

彼女は僕の斜め前に立ち、しばらく僕の顔を見ていた。館内は激しい雨音に包まれていた。雷が鳴っていた。何かを思い出させようとするみたいな音。

「久しぶり」と彼女は言った。

声を聞いてもまだどちらか判断することができなかった。

「やっぱり、信大に進んでたんだ」

「うん」

僕はソファに身をあずけたまま彼女の顔を見上げていた。

「少し痩《や》せたけど、昔とあまり変わってない」と彼女は言った。「でもなんかひどい顔してる」

彼女は僕から一メートル弱ほど距離を置いてとなりに座った。ソファが彼女の体重に応じて沈み込んだ。

「大人になっちゃったから、なんて呼べばいいかわからないや」と彼女は言った。

「前と同じでいいよ」

「そうだね」と彼女は言った。「佐野君」

蛍光灯の明かりがまだ目に眩《まぶ》しかった。

「晃」と僕は言った。「晃も、ここを受けたんだ」

「実家から通ってるよ。佐野君も？」

「うん」と僕は言った。

「なんか、変な感じ。佐野君が大学三年て」

「晃が大学一年ていうのも変だよ」

晃は、背が伸び、頬の丸みが取れ、細く小さかっただけの体は相変わらず華奢《きやしや》ではあったが、部分的に女性的な曲線を描くようになっていた。

晃を目にした瞬間から、一度おさまった頭痛が再開していた。でもそれは六年の歳月で限りなく薄く引き延ばされ、頭痛というよりかすかな重みのようなものに変わっていた。

「六年間も空くと、どんなふうに話したらいいかわからなくなっちゃうね」

「学部は、どこなの？」

教育学部だと彼女は言った。

「そう」

しばらく正面の本棚を見ていた。

「友達は、できた？」と僕は訊《たず》ねた。

「親みたい」と晃は言った。

笑みを浮かべると少しだけ昔の晃の面影が蘇《よみがえ》った。

「ちゃんとやってるよ。履修登録もばっちりしたし、サークル活動もしてる」

「なんのサークル？」

「手話の」

「そうなんだ」

「大学と関係ない市民サークルだけど。高校のときから入ってるんだ」

僕はどこの高校に進んだのかと晃に訊ねた。晃が中学を卒業したあとのことを僕は一つも知らなかった。彼女は家から自転車で二十分か三十分ほどのところにある市立高校に通ったようだった。

「佐野君はどこ？」

僕も自分の通った高校を教えた。

「高校時代は、何してたの？」と晃は言った。

「寝てばかりいたよ」

「ここに来てからは？」

「寝てばかりいたよ。ここで」

「佐野君て、不真面目な学生なんだね」

「でも去年の後半は少し授業に出た」

「私はいっぱい勉強したよ」と彼女は言った。

「勉強、嫌いじゃなかったっけ」

「うちにたくさん、教科書とか参考書があったんだ」

「そうか」と僕は言った。

「今日も勉強してた」晃は右手にある自習室を指した。「通るとき人が寝てるなと思ったけど、顔が見えなかったから、まさか佐野君だとは思わなかったよ」

化粧室に行こうとして、そのときには僕が体を起こしていたのでわかったと晃は言った。

「いつから寝てたの?」

開館時間から来て寝ていたと僕は言った。

「そんなに? ここに住んでるみたい」

「いま、何時?」

晃は腕にはめたゴールドの細い腕時計に目を落とした。「……三時三十九分だよ。七時間くらいたってる」

「勤勉な図書館利用者なんだ」と僕は言った。「勉強はもういいの?」

「うん、いま、休憩中」

「そうか」と僕は言った。「少し、外に出よう」

「でも雨が降ってるよ」

僕は、晃といくつか言葉を交わしているあいだに、なぜか外でひどい雨が降っていることを忘れていた。雷さえ鳴り続けて、見なくてもおそろしい豪雨だということがわかるくらいの雨音なのに。

「いつから降り始めたんだろう」

「三十分くらい前からだよ。でもそのうちにやむと思うから、そしたら出ればいいよ」

これに似た会話を、いつか晃とした気がした。

絶対に降りやまないという意地悪で凶悪な意志を持っているように感じられた激しい雨音は、晃の言うとおりそれから二十分ほどでやんだ。

僕たちはソファから立ち上がり、階段を下りて図書館から出た。

地面はひどく濡《ぬ》れていたけど、嘘みたいに明るい五月の晴天がそこにはあった。地上の水分が次々に蒸発して、日差しと湿気が混じり合っていた。

「すごい雨だったね。でもちゃんとやむんだ」

晃の目には、あの頃にはなかった静かな落ち着きと強さのようなものがあった。それは彼女の兄が目に宿していた意志の強さとは少し違って、世界とか、世界で起こっているいろいろな物事を受け入れて前を向くという穏やかな決意の表れのように見えた。

「佐野君、お昼ご飯とか食べた?」と晃は言った。

「いや」

昼食どころか、もう二十四時間以上何も食べていなかった。昨日は夕方に吐いて、その何時間かあとに大きなジョッキでビールを飲んだだけだった。

「私もタイミング逃してまだ食べてないの。お腹ぺこぺこ。コンビニに行こうよ」

僕たちは西門の正面にあるコンビニへ行った。そこには様々な種類の食料が陳列されていた。

水だけ手に持ってレジへ向かうと、晃に怒られた。

「食べないの？」

「あんまり食欲がないんだ」

「だめだよそんなの」

彼女は適当なおにぎりを二つ陳列棚からとり、僕に押しつけた。僕はそれを持ってレジに行き、尻《しり》のポケットに手を突っ込んでしばらく止まっていた。商品のバーコードを読み終えた店員がきょとんとした顔で僕を見ていた。

「佐野君、何してるの」

「いま思い出したけど、ゆうべ財布を落としたんだ」

晃は驚いたみたいに少し目を丸くした。「ソファで半日も寝てたっていうし、佐野君、めちゃくちゃな人になっちゃったんだね」

そして僕の勘定を払ってくれた。

「ありがとう。今度返すよ」

「六年ぶりに会って、いきなり借金するなんて。先輩なのに」

僕たちはコンビニを出て、再び徒歩十秒の大学敷地内へ戻った。晃はサンドイッチとおにぎりと小さな紙パックのカフェオレを買っていた。

西門から続く並木道を歩いた。葉桜から水がしたたっていた。後頭部に日差しの暑さを感じた。図書館の外階段の下のベンチに座った。僕が昨日、一睡もせずに座り続けていたベンチだ。

「手話サークルっていうのは、どこで知ったの？」

「高校の担任の先生が参加してて、誘われたの。コミュニケーションの手段は多く持っていたほうが、いろんな人を助けられるんだって」

人を助ける、と僕は思った。

「教育学部ってことは、先生になろうと思ってるの？」

「まだわからない。でもたくさん勉強して、知識を身につけて、困ってる人の役に立ちたい。誰かを助けたい。私は、そのために生きていければいいと思う」晃は、さきほどの静かな目と落ち着いた声で言った。「佐野君、なんで泣いてるの？」

自分でも理由はわからなかったけれど、僕は泣いていた。

晃は黙ってサンドイッチの包装を外していた。

僕は、晃に金を借りて買ったおにぎりの包装を外して少しだけかじった。海苔《のり》とご飯の味がした。飲み込むのに、時間がかかった。

「時間が戻ったらいいと、思ってた」

「うん」

「時間が戻ったら、どこか間違いを見つけて、やり直して」

「佐野君は何も間違えてないよ」

「僕は」

日差しが緑に降り注いでいた。雨粒に反射して、きらきらと光っていた。並木道を二人の女の子が歩いていた。一人はズボンをはいて手提げのバッグをぶら下げていた。もう一人はスカートをはいて弦楽器のケースを持っていた。何かを楽しそうに話していた。

「晃」と僕は言った。「あのとき、僕は、晃と、目が合った」

晃は、手にしていたサンドイッチをコンビニのビニール袋の上に置いた。一度息を吸って、吐いた。そしてまた、うん、と言った。

奥村が死んだ日、僕はひどい雨と雹《ひょう》と雷の中を自転車を走らせて奥村の家へ向かった。玄関の鍵《かぎ》が開いていて、リビングだけ明かりがついていた。むせかえるような妙な匂いの空気が充満していた。階段をのぼって二階の奥村の部屋へ行った。ドアが少しだけ開いていた。家全体に漂う妙な空気はそこから漏れ出ていた。僕は奥村がそこで首を吊《つ》っているのだと思っていた。なぜかそれを確信していた。僕はそれを見なければいけないと思っていた。天井からぶら下がるその影だけでも、自分の目で確かめなければいけないと思っていた。でも真っ暗な部屋の天井からぶら下がる死体の影を見ることはできなかった。軋《きし》みのような奇妙な音がしていた。雨の音だと思っていた。大きすぎる雨の音が、僕の耳には人間のしゃべり声にも怒鳴り声にもうめき声にも泣き声にも何かの軋みにも叫びにも聞こえていた。濃密な暗闇の中、ベッドの上で何かが動いていることに僕は気づいていた。その動く何かは僕の存在には気づいていないようだった。細い、子供みたいな晃の体の上に覆いかぶさる奥村を僕は見ていた。どこからも明かりがさしていないのに、組み敷かれた晃の目にたまった涙が何かに反射したように光になって僕の目に飛び込んできた。晃はこちらを見ていた。目が合っていた。意識が遠のきそうになった。呼吸も忘れて階段を下り、玄関から出て自転車で家に帰った。胃が収縮を繰り返していた。奥村の部屋の光景が現実だとは思えなかった。頭が真っ白になっていた。何も考えることができなかった。

「あのとき、私は、佐野君と、目が合った」晃は自分の足元を見つめて言った。

頭上の外階段を誰かが下りる音と、笑い声が聞こえた。それらは別世界の音のように聞こえた。でも現実の音だった。

「……沖田を、覚えてる？」

「私に、すごく似ていた先輩」

「奥村は、沖田を晃の代わりに――」言いかけて、言葉が続かなくなった。

「お兄ちゃんが私のことをすごく大事にしてたのは、私がいちばん知ってる」と晃は念を押すように言った。

「……奥村は、いろんなことに苦しんでた。……真面目すぎた」

不意に、六年前のあらゆることが脳裏に蘇ってきた。

「晃は……ゼロと百の話、奥村から聞いたことある？」

「ゼロと百？」

「ゼロから百まで、円形に並べるんだ」

この世界で最も大切で愛してるものは、この世界で最も傷つけてぶち壊したいもの。

晃は、考え込むみたいにして宙を見つめていた。

「奥村は、もしかしたら、自分の中にそういう部分があるんじゃないかってずっと思ってたんだよ」と僕は言った。「でも――」

僕の言葉をさえぎって、

「私は、それは違うと思う」

と晃は強い口調で言った。「私のことを傷つけたいなんて思ってる瞬間は一度もなかった。あのときも――」

晃はまた、宙を見つめて、それから口を閉じた。

「うん」と僕は言った。「奥村はそんな自分勝手な人間じゃなかった。ただ、愛情が深すぎた。晃に対する愛情を一種類だけにおさめておくことができなかった」

僕の頭の中には奥村との膨大な会話が蘇っていた。

奥村の晃に対する愛情の種類が途中で枝分かれしたことは奥村の体の成長と無関係ではなかったかもしれない。中学生になってから、奥村の頭痛はひどくなったと晃は言っていた。

奥村は恋愛がわからないと言っていた。妹は真っ先に恋愛対象から除外すべき存在だと彼は知っていた。中二の六月に妹の代わりになる女の子が現れた。もしも沖田が奥村の気持ちに応《こた》えたとしても、それで結果が変わったかどうかはわからない。

「あのとき、お兄ちゃん、部屋を出たあと、じっと頭を抱えて、動かなくて、何も言わずに外に出てった」

「……奥村は、自分で車に飛び込んだのかな」

「わからない。でも、そうじゃない気がする。お兄ちゃんは、人に迷惑をかけるような死に方は選ばないと思うから」

それは僕も思っていたことだった。だけどあの雨の日に奥村が外に出ていったこと自体が自殺行為だとも言えた。あの少し前から奥村は雨の日に自分の行動をコントロールすることができなくなり始めていた。

もともと奥村はいろいろなことを真剣に考えすぎて、そのことに苦しんでいた。考える能力の高さや自分で構築した理論が彼の首を絞めていた。機能的に欠陥があったのではなくて、機能が厳密で頑丈すぎた。そして雨が少しずつ歪《ひず》みをつくっていった。奥村は、愛が深すぎて死んだとも言えるし、物事を深く考えすぎて死んだとも言えるし、機能的な限界を迎えて死んだとも言えるし、そうした奥村をつくったのが母親だと考えれば、母親に殺されたとも言える。晃を傷つけたという行動が引き金になったのだとしても、たぶん、そのどれもが当てはまるのだろうと思った。それらは一つの大きな塊のようにも思えた。

「……佐野君、どうして松本から出ていかなかったの?」と晃は言った。

「たぶん、晃とそんなに違わないと思う。自分の中で、決着がついていない気がしていたから」

「あのときから時間が止まってる」と晃は言った。

「でも晃は僕より先に立ち上がってる」

さっき、晃は、誰かを助けたいと言っていた。

「僕は、あのときから一歩も前に進んでない。六年間も松本にいつづけて、本当は決着をつけるつもりもなかった。奥村の死について考えることすら放棄して、何もしないで無為な六年を過ごしてた。ただ、自分だけが、新しい場所に立つことは許されないと思ってた」

「それは、無為なんかじゃないんだと思う」と晃は少しだけ眉《まゆ》に力を入れながら言った。「私、少し前から佐野君に会うような気がしてた。佐野君は、そういう、予感みたいなものは」

「僕は、六年前のことは、思い出さないようにしていたから。奥村のことも、晃のことも、沖田のことも。――でも、晃が来る直前に、たしかに予感みたいなものはあったかもしれない」

そう言いながら、僕の頭には昨日の吉岡の表情が浮かんでいた。僕が最後に見た沖田の表情と同じだった。沖田は翌日から学校に来なくなった。僕は、あのときを最後に沖田には一度も会わなかった。

「思い出さないようにしてたのは、私だって同じだよ」と晃は言った。「忘れられるわけがないことはわかってたけど、なんとかして忘れようとしてた。中学でも高校でも、人のことを好きになったりできなくて、誰かに近づくことすらこわかった。それは六年前のことが無関係じゃないと思う。でも、過去をなかったことにはできないから」

「……過去をなかったことにはできない」と僕は繰り返した。

「そう思えるようになったのは、最近だけど」

「何か、きっかけがあったの？」

「ううん」と晃は言った。「時間だと思う」

その言葉はずっしりとした重みを持って僕の耳に響いた。

あの日から、いまこの瞬間までに、晃はその胸のうちでどれほどの苦しみと葛藤《かっとう》を乗り越えてきたのだろう。僕はずっと、どうにかして時間が戻らないかと考え続けていた。

「時間は戻らないし、過去は変えられない。人生は前に進めなくちゃいけないんだよ。佐野君だって、ほんとはわかってたんでしょ？」

「……いや。でも、今日、そう思えた気がする」

生きていくために必要なことを、僕は勘違いしていた。

「あの日のことを知っているのは、私と、佐野君だけだから。佐野君と、いつか話さなきゃいけないと思ってた。話をすることで、一人で抱えていた記憶を共有するだけで、何かが変わるって気がしてた。いつかがいつなのかはわからなかったけど、必ずそのときが来るって思ってた」

僕は晃の目を見た。晃も僕の目を見ていた。奥村とは違う種類の強さを宿した目。僕を通して、過去や未来や現実に、穏やかな決意とともに注がれる視線だった。

僕はその目を見ながら、奥村のことを、これから先、ずっと考え続けなければいけないのだと思った。大きな塊に押しつぶされて死ななければいけなかった親友のことを。

酸素みたいなものだ、と奥村は最後に僕に言った。もしも、少しでも何かが違って、あの夜に奥村が死ななくていいルートのようなものが存在していたとして、そのルートにうまく乗ることができたとすれば、僕が何かをしてあげられたのだろうか？　酸素を与えてあげられたのだろうか？　でもそれは思い上がりだ。たぶん、結末を先延ばしにするだけの気休めにしかならなかった。そもそも現実の世界では、もしもなんていう言葉はなんの意味も効力も持たない。奥村はもう死んでいる。

僕が死んだ奥村のためにしてやれることは、奥村について、奥村の死について、考え続けることだ。彼が生きていたとき、常にそうしていたように。奥村が死によってそこから解放されたぶんを、唯一の友達である僕が引き受けなければならない。考えること。奥村についても、奥村以外の、世界のあらゆる物事についても。

僕と晃は、しばらくのあいだ黙っていた。

「私、この大学で勉強しながら」と晃は言った。「誰か好きな人ができればいいなって思ってる。私の過去とか傷とか、そういうものを共有していける人。今日佐野君と再会できただけでも、この大学に入ってよかったと思う。幸先《さいさき》がいい。たぶん、そういう人に出会える」

晃は、食べかけていたサンドイッチを再び手に持った。

「佐野君は、そういう人は？」

僕は、目の前の並木道を見た。さっきから、誰も通らなかった。静かな緑の道だった。

「もう、出会ってるかもしれない」

「なんだ、本当はちゃんと前に進んでたんじゃん」と晃は言った。

「いや、数時間前まであきらめてたんだ。でも今日晃に会ったおかげで、なんとかしなきゃいけない気がした。だからやっぱり、晃の言うとおりかもしれない。僕たちは今日再会すべきで、実際に再会したんだと思う」

この、数分のやりとりと記憶の共有を、僕たちは六年間も待っていたのかもしれない。

僕はベンチから立ち上がり日陰から出て上空の白い光を見た。目が眩《くら》み、痛みのようなものが体を貫いた。

晃がとなりに立ち、僕の真似をして、「まぶしい」と笑った。「痛いくらい」

僕は顔を空に向けたままうなずいた。

それから僕たちは、大学生活のことについて話した。

「ビールは、もう飲んだ?」

「私は不良じゃないからルールは守る。二十歳になるまで飲まない」

「ルールは守る。奥村の反対だな」

「まあね。お兄ちゃんは真面目すぎて部分的に不良だからね」

そして奥村は、真面目すぎてビールすら飲む前に死んだのだと思った。

「素晴らしいビールがあるんだ。二十歳になったら教えてあげよう」

「素晴らしい?　おいしいってこと?」

「おいしいっていうか薄い」

晃は首を傾げた。初めて会ったときのきらきらした十二歳の晃を見ているような気がした。

「そろそろ勉強に戻ろうかな。英語ペラペラになろうと思ってるの」

「勘だけど、コミュニケーションの手段を増やしてるんじゃないかな」

困ってる人の役に立ったり、誰かを助けるために。

なんでわかったの?　と笑って外階段を上り始めた晃を僕は呼び止めた。

「実は名字が変わってるんだ」

「え、そうなの？」

「母親が再婚したから」

「なんて？」

「市川」

晃は腕を組んで不満そうな顔をした。「……なんか、似合わないなあ。しっくりこない」

「ひどいな」と僕は言った。「晃は、いまもお父さんと二人？」

「うん。そんなにしゃべらないけど、前よりは家にいるようになったかな」

「そっか」

「今度からどっちで呼べばいいんだろう」

「どっちでも好きなほうで呼んでくれてかまわないよ」

「レストランみたいだね。パンかライス」晃は笑った。

「今度、ご飯でも食べよう。パンでもライスでも。先輩だから奢《おご》ってあげるぜ」僕は奥村の口調を真似して言った。

「借金してるくせに。ちゃんとお金返してね、市川君」

晃は僕を新しい名前で呼んで図書館へ戻っていった。

それから少しのあいだ、半円形のベンチに一人で座っていた。奥村のことを考えて、沖田のことを考えて、それから、広崎のことも考えた。立ち上がって、歩き出した。生協前広場の時計は六時十一分を指していた。日没の少し前だった。

＊

女鳥羽川は北から南へ、街に向かっていつもと同じように流れていた。西日を受けて川面《かわも》が光っていた。川原の植物は鮮やかな緑だった。道路を車が遠慮がちに走っていた。歩道には自転車と徒歩の人の姿があった。見飽きることすらない、日常の光景だった。

その道沿いにある、広崎が住んでいたアパートよりほんの少しだけ築年数が浅く、ほんの少しだけぼろくないアパートの二階の角部屋の前に立ち、ドアをノックした。

「吉岡、いるかな」

ドアに耳を当ててみたけど、テレビの音も水の音も本などの紙をめくる音も書き物をする音もノートパソコンのキーボードを叩《たた》く音も、どんな物音もしなかった。寝るにはまだ早い時刻だった。出かけているのかもしれないし、実家に帰っているのかもしれなかった。でも吉岡は中にいる気がした。そして僕の声を聞いている気がした。音を立てないように息をひそめて、僕の声を聞いているような気配があった。

「吉岡、僕だけど」

やはり無言だった。

五分くらい待ってもう一度声をかけた。でも返事はなかった。

「吉岡、話があるんだ。ここにいるから、聞いてくれる気持ちになったら、出てきてほしい」

西の空の薄い雲が赤かった。その下に山があった。裏側から照らされて黒い巨大な影になっていた。じっとそれを見ていた。空が徐々に赤さを増していった。焼けるようだった。竜が火を吹いたような、と思った。山際だけが黄色く光っていた。何かが爆発したような明るい色だった。そして日が沈んだ。紺色の空に山の影だけが残った。松本の町は六年前もいまも変わらず山に囲まれていた。

吉岡の部屋からは相変わらず少しの物音もしなかった。僕は両足に均等に体重をかけて、手は左右にぶら下げて、立っていた。部屋の中にいる吉岡と同じように、物音ひとつ立てなかった。瞬《まばた》きしかしなかった。時計を持っていないからどれくらい時間がたったのかわからなかった。時計を持っていても見るつもりはなかった。ただ吉岡が出てくるまでそこにそうしているつもりだった。

丸一日以上風呂《ふろ》に入っておらず体はべたついていた。町じゅうを歩き回って汗もかいていた。人を不快にさせるにおいを発しているかもしれなかった。昨日の夕方は吐いて、今日はおにぎりを一つ食べただけだった。スニーカーのつまさきには飛び散った嘔吐《おうと》物がこびりついていた。シャツの裾《すそ》にはビールもこぼしていた。ひどい顔をしていた。その姿でいま吉岡に会おうと思っていた。

「まだいるの」吉岡の声は細く、ドア一枚分くぐもって聞こえた。この板の、すぐ向こうに吉岡がいた。

ずいぶん前に空は真っ黒になり、星が出ていた。日が落ちる前より、不思議と川の水音が大きく聞こえていた。見えないけれどどこかにくっきりとした月が出ているはずだった。

「いるよ」

「何しに来たの」

僕はドアに顔をつけるようにして言った。「話があるんだ」

長い沈黙があった。道路を車が走る音が遠くから聞こえていた。また僕はじっと待った。

「……市川、昨日、私に何したか、覚えてる？」

「ごめん、吉岡。理由があるんだ」

「理由？　私を拒絶して、突き飛ばして、放置していなくなった理由って、何？」

少しだけ、動悸《どうき》がした。でもすぐに抑え込んだ。

「話すと長くなるんだけど」と僕は言った。

開くドアのことや、閉じるドアのことを考えた。突然吹く風のことを考えた。

息を吐いて、吸った。

「人の肌に触れるのがこわいんだ」

吉岡は、何も言わなかった。

「いまなら吉岡に話せることがたくさんある。吉岡に聞いてもらいたいことがたくさんある。僕の過去のこと。思い出す勇気がなかったんだ。向き合う勇気もなかった。でもいまなら話せる。吉岡が僕に自分のことを話してくれたのと同じように、僕も吉岡に自分の話をしたい」

ドアの向こうには気配だけがあった。

「吉岡は、僕を頼りにしたいと言った。僕も吉岡を頼りにして前に進みたい。でもどちらかがどちらかに寄りかかるんじゃなくて、二人で二人分の荷物を共有して、分け合って、二人で立ち直って、二人で前に進んでいきたい。僕は吉岡とならそれができると思う。自分勝手かもしれないけど、もう一度だけチャンスがほしいんだ。いまなら手を握れる。たくさん話すことがある。手を握らせてほしい」

手を貸して、と僕は言った。

また長い沈黙があった。耳を澄ますと、かすかに震える息遣いが聞こえてきた。くぐもった小さな声がドアの向こうでした。

「市川」

ドアの隙間から左手だけが出てきた。てのひらが上になっていた。細く、白く、無数のしわが刻まれたてのひらだった。血管が薄く青く浮かび上がっていた。昨日見たときと少しも変わっていなかった。その手の中を流れる赤い血や肉のことを考えた。その手が持つ温度のことを考えた。また動悸がした。腹の下が熱くなった。胃が痙攣《けいれん》し始めた。沸騰が始まりそうだった。奥歯を強く噛《か》んだ。最後に泣かせることしかできなかった野良《のら》猫みたいな目つきの女の子の顔が頭に浮かんだ。目尻が少しだけ上を向いていた。上唇が少しだけ尖《とが》っていた。彼女を笑顔にしたかった。安心させたかった。泣かせたくなかった。でもできなかった。それを違う形でいまここでこうして取り戻そうとしていることを、彼女は許してくれるだろうか。

すべての恐怖と後悔を乗り越えなければならなかった。

僕は吉岡の手を両手で包み込むようにして握った。
人間の温度だった。
生きて血や肉や皮膚を持った人間の温度だ。
僕はその手を、離さなかった。
目を開けて、力を込めて握り続けた。
ドアが開いた。
吉岡の泣き顔がそこにあった。

了

本書は書き下ろしです。
この作品はフィクションであり、
実在の人物、団体等とは一切関係ありません。

小嶋陽太郎（こじま　ようたろう）
1991年、長野県生まれ。2014年、信州大学在学中に、『気障《きざ》でけっこうです』で第16回ボイルドエッグズ新人賞を受賞。現役大学生作家として話題となる。他著作に『今夜、きみは火星にもどる』『おとめの流儀。』『こちら文学少女になります』『ぼくのとなりにきみ』『ぼくらはその日まで』がある。

悲《かな》しい話《はなし》は終《お》わりにしよう

2017年11月29日　初版発行

著者／小嶋《こじま》陽《よう》太《た》郎《ろう》

発行者／郡司 聡

発行／株式会社KADOKAWA
〒102-8177　東京都千代田区富士見2-13-3
電話　0570-002-301（ナビダイヤル）

印刷所／旭印刷株式会社

製本所／本間製本株式会社

KADOKAWAカスタマーサポート
［電話］0570-002-301（土日祝日を除く10時～17時）
［WEB］http://www.kadokawa.co.jp/（「お問い合わせ」へお進みください）
※製造不良品につきましては上記窓口にて承ります。
※記述・収録内容を超えるご質問にはお答えできない場合があります。
※サポートは日本国内に限らせていただきます。

定価はカバーに表示してあります。

ISBN 978-4-04-106231-9　C0093
JASRAC 出 1711776-701